Diccionario de nombres propios

Amélie Nothomb

Diccionario de nombres propios

Traducción de Sergi Pàmies

EDITORIAL ANAGRAMA
BARCELONA

Título de la edición original:
Robert des noms propres
© Éditions Albin Michel
París, 2002

Ilustración: © Rykoff Collection / CORBIS

Primera edición en «Panorama de narrativas»: enero 2004
Primera edición en «Compactos»: junio 2024

Diseño de la colección: Julio Vivas y Estudio A

© De la traducción, Sergi Pàmies, 2004

© EDITORIAL ANAGRAMA, S. A. U., 2004
Pau Claris, 172
08037 Barcelona

ISBN: 978-84-339-2500-8
Depósito legal: B. 3130-2024

Printed in Spain

Liberdúplex, S. L. U., ctra. BV 2249, km 7,4 - Polígono Torrentfondo
08791 Sant Llorenç d'Hortons

Lucette llevaba ocho horas de insomnio. En su vientre, el bebé tenía hipo desde la víspera. Cada cuatro o cinco segundos, un gigantesco sobresalto sacudía el cuerpo de aquella chiquilla de diecinueve años que, un año antes, había decidido convertirse en esposa y madre.

El cuento de hadas había comenzado como un sueño: Fabien era guapo, aseguraba estar dispuesto a todo por ella, ella le había tomado la palabra. La idea de jugar al matrimonio había divertido a aquel chico de su misma edad y la familia, perpleja y conmovida, había visto cómo aquellos dos niños se ponían su traje nupcial.

Poco después, triunfante, Lucette anunció que estaba embarazada.

Su hermana mayor le preguntó:

—¿No te parece un poco pronto?

—¡Nunca es pronto! —respondió la pequeña, exaltada.

Poco a poco, las cosas dejaron de ser tan maravillosas. Fabien y Lucette discutían mucho. Él, que tan feliz se había sentido por su embarazo, ahora le decía:
—¡Más te vale dejar de estar loca cuando nazca el niño!
—¿Me estás amenazando?
Él se marchaba dando un portazo.

Sin embargo, ella estaba segura de no estar loca. Deseaba que la vida fuera rica e intensa. ¿Acaso no había que estar loca para desear otra cosa? Deseaba que cada día, cada año, le aportara el máximo.
Ahora se daba cuenta de que Fabien no estaba a la altura. Era un chico normal. Había jugado al matrimonio y, a continuación, jugaba al hombre casado. No era un príncipe azul. Ella le irritaba. Él decía:
—Ya está, le da otro ataque.
A veces, se mostraba amable. Le acariciaba el vientre diciendo:
—Si es niño se llamará Tanguy. Si es niña, se llamará Joëlle.
Lucette pensaba que odiaba aquellos nombres.

De la biblioteca de su abuelo, cogió una enciclopedia del siglo pasado. Allí uno encontraba nombres fantasmagóricos que presagiaban ásperos destinos. Lucette los anotaba concienzudamente en trozos de papel que a veces extraviaba. Más tarde, alguien descubría, aquí y allá, un arrugado jirón sobre el que estaba escrito «Eleuthère» o «Lutegarde», y nadie comprendía el sentido de aquellos exquisitos cadáveres.

Muy pronto, el bebé empezó a moverse. El ginecólogo decía que nunca había tenido que vérselas con un feto tan inquieto: «¡Es un caso!»

Lucette sonreía. Su pequeño ya era excepcional. Esto ocurría en los no tan lejanos tiempos en los que todavía no era posible saber el sexo de los hijos de antemano. Poco le importaba a la chiquilla encinta.

—Será bailarín o bailarina —había decretado, con la cabeza llena de sueños.

—No —decía Fabien—. Será un futbolista o una pesada.

Ella le lanzaba puñales con la mirada. Él no lo decía por maldad, sólo para hacerla rabiar. Pero ella veía en aquellas reflexiones de niño grande la huella de una vulgaridad redhibitoria.

Cuando estaba sola y el feto se movía alocadamente, ella le hablaba con ternura:

—Adelante, baila, hijo mío. Yo te protegeré, no permitiré que te conviertas en un Tanguy futbolista o en una Joëlle pesada, serás libre para bailar donde te apetezca, en la Ópera de París o para bohemios.

Poco a poco, Fabien había adquirido la costumbre de desaparecer tardes enteras. Se marchaba después del almuerzo y regresaba hacia las diez de la noche, sin dar explicaciones. Agotada por el embarazo, Lucette no tenía ánimos para esperarle. Cuando él llegaba, ella ya dormía. Por la mañana, él se quedaba en la cama hasta las once y media. Se tomaba una taza de café con un pitillo, que fumaba mirando al vacío.

—¿Qué tal? ¿No estás demasiado cansado? —le preguntó ella un día.

—¿Y tú? —respondió él.

—Yo estoy engendrando un niño. ¿No te habías enterado?

—Ya lo creo. No hablas de otra cosa.

—Pues ya ves, resulta muy cansado, figúrate, estar encinta.

—No es culpa mía. Tú te lo has buscado. No puedo llevarlo en tu lugar.

—¿Se puede saber a qué te dedicas por la tarde?

—No.

Ella estalló de rabia:

–¡No sé nada! ¡Ya no me cuentas nada!

–Aparte del bebé, no te interesa nada.

–Sólo tienes que ser interesante. Entonces me interesaré por ti.

–Soy interesante.

–¡Venga, a ver si eres capaz de interesarme!

Suspiró y se marchó a buscar una funda. Sacó un revólver. Ella abrió los ojos como platos.

–Eso es lo que hago por las tardes. Disparo.

–¿Dónde?

–En un club secreto. No importa.

–¿Y las balas son de verdad?

–Sí.

–¿Para matar a gente?

–Por ejemplo.

Ella acarició el arma con fascinación.

–Empiezo a ser bastante bueno, ¿sabes? Le doy al corazón del blanco con el primer disparo. Es una sensación que no puedes imaginar. Me encanta. Cuando empiezo, ya no puedo parar.

–Entiendo.

Entenderse no era algo que les ocurriera muy a menudo.

La hermana mayor, que ya tenía dos hijos, visitaba a Lucette, a la que adoraba. Le parecía tan guapa, tan endeble con su enorme barriga. Un día, discutieron.

—Deberías decirle que buscara un trabajo. Va a ser padre.

—Tenemos diecinueve años. Nuestros padres nos mantienen.

—Pero no os van a mantener eternamente.

—¿Por qué me fastidias con estas historias?

—Es importante, caramba.

—¡Siempre tienes que venir a estropear mi felicidad!

—Pero ¿qué dices?

—¡Y ahora seguro que vas a decirme que hay que ser sensata, y que patatín y que patatán!

—¡Estás loca! ¡Yo no he dicho eso!

—¡Ya está! ¡Estoy loca! ¡Ésta ya me la esperaba! ¡Tienes celos de mí! ¡Quieres destruirme!

—Venga, Lucette...

—¡Fuera! —gritó.

La hermana mayor se marchó, aterrada. Siempre había sabido que la benjamina era frágil, pero aquello tomaba proporciones inquietantes.

A partir de entonces, cuando ella la llamaba por teléfono, Lucette colgaba al oír su voz.

«Ya tengo bastantes problemas», pensaba la hermana menor.

En realidad, sin confesárselo, sentía que se encontraba en una vía muerta y que su hermana mayor lo sabía. ¿Cómo iban a ganarse la vida en el futuro? Fabien sólo se interesaba por las armas de fuego, y ella no servía para nada. No iba a conver-

12

tirse en cajera de supermercado, vamos. De hecho, probablemente ni siquiera fuera capaz de serlo.

Hundía un cojín sobre su cabeza para no pensar más en ello.

Aquella noche, pues, el bebé tenía hipo en el vientre de Lucette.

No podemos imaginar la influencia del hipo de un feto sobre una chiquilla encinta y con la sensibilidad a flor de piel.

Por lo que respecta a Fabien, dormía como un bendito. Ella, en cambio, iniciaba su octava hora de insomnio, y su octavo mes de embarazo. Su enorme barriga parecía contener una bomba de relojería.

Cada sacudida parecía corresponder al tictac que la acercaba al momento de la explosión. La fantasía se hizo realidad: lo que se produjo fue, en efecto, una deflagración (en la cabeza de Lucette).

Se levantó, movida por una repentina convicción que le hizo abrir los ojos como platos.

Fue a buscar el revólver allí donde Fabien lo escondía. Regresó junto a la cama en la que el chico dormía. Apuntando a la sien contempló su hermoso rostro y murmuró:

—Te quiero, pero tengo que proteger al bebé de ti.

Acercó el cañón y disparó hasta vaciar todo el cargador.

Observó la sangre en la pared. A continuación, muy tranquila, llamó a la policía:

—Acabo de matar a mi marido. Vengan.

Cuando los policías llegaron, fueron recibidos por una niña embarazada hasta las cejas que sujetaba un revólver en la mano derecha.

—¡Suelte el arma! —le dijeron amenazándola.

—Oh, ya no está cargada —respondió ella obedeciendo.

Acompañó a los policías hasta la cama conyugal para mostrarles su obra.

—¿Nos la llevamos a comisaria o al hospital?

—¿Por qué al hospital? No estoy enferma.

—No lo sabemos. Pero está usted embarazada.

—Aún no estoy a punto de dar a luz. Llévenme a comisaría —exigió ella, como si de un derecho se tratara.

Una vez allí, le dijeron que podía llamar a un abogado. Ella dijo que no era necesario. Un hombre en un despacho le hizo preguntas interminables, entre las cuales figuraba:

—¿Por qué ha matado usted a su marido?

—En mi vientre, el pequeño tenía hipo.

—Sí ¿y luego?

—Nada. He matado a Fabien.

—¿Lo ha matado porque el pequeño tenía hipo?

Ella pareció desconcertada antes de responder:

—No. No es tan sencillo. Pero lo cierto es que el pequeño ya no tiene hipo.

—¿Ha matado a su marido para que el niño dejara de tener hipo?

Lucette soltó una carcajada fuera de lugar.

—¡No, por favor, eso es ridículo!

—¿Por qué ha matado a su marido?

—Para proteger a mi bebé —afirmó ella, esta vez con trágica seriedad.

—Ah. ¿Su marido lo había amenazado?

—Sí.

—Haberlo dicho antes.

—Sí.

—¿Y con qué lo amenazaba?

—Quería llamarle Tanguy si era niño y Joëlle si era niña.

—¿Y?

—Nada.

—¿Ha matado a su marido porque no le gustaba la elección de los nombres?

Lucette frunció el ceño. Se daba cuenta de que a su argumentación le faltaba algo y, no obstante, estaba segura de tener razón. Comprendía muy bien su acto y por eso le parecía todavía más frustrante no conseguir explicarlo. Entonces decidió callarse.

—¿Está segura de que no quiere un abogado?

Estaba segura. ¿Cómo habría podido explicárselo a un abogado? La habría tomado por loca, como los demás. Cuanto más hablaba, más la tomaban por loca. Así pues, mantendría la boca cerrada.

Fue encarcelada. Una enfermera la visitaba a diario.

Cuando le anunciaban la visita de su madre o de su hermana mayor, se negaba a recibirlas.

Sólo respondía a las preguntas referidas a su embarazo. De no ser así, se mantenía muda.

Mentalmente, hablaba consigo misma: «Hice bien en matar a Fabien. No era mal chico, era mediocre. Lo único que no era mediocre en él era su revólver, pero Fabien sólo habría hecho un uso mediocre, contra los pequeños gamberros del barrio, o bien habría dejado que el niño jugara con el arma. Hice bien en apuntarle a él. Querer llamar a su hijo Tanguy o Joëlle es querer ofrecerle un mundo mediocre, con un horizonte cerrado de antemano. Yo, en cambio, quiero que mi bebé tenga el infinito a su alcance. Quiero que mi hijo no se sienta limitado por nada, quiero que su nombre le sugiera un destino fuera de lo normal.»

En la cárcel, Lucette dio a luz a una niña. La tomó en brazos y la miró con todo el amor del mundo. Nunca se vio a una madre joven tan maravillada.

16

—¡Eres tan hermosa! –le repetía al bebé.

—¿Cómo va a llamarla?

—Plectrude.

Una delegación de celadoras, psicólogos, presuntos juristas y médicos todavía más presuntos desfiló ante Lucette para protestar: no podía ponerle un nombre así a su hija.

—Sí puedo. Existió una santa Plectrude. No sé qué hizo pero sí que existió.

Consultaron a un especialista, que lo confirmó.

—Piense en la niña, Lucette.

—Sólo pienso en ella.

—Eso sólo le causará problemas.

—Pondrá sobre aviso a los demás de que es excepcional.

—Uno puede llamarse Marie y ser excepcional.

—Marie no es un nombre que proteja. Plectrude, en cambio, protege: esa ruda sílaba del medio, suena como un escudo.

—Pues llámela Gertrude. Resulta más fácil de llevar.

—No. El inicio de Plectrude hace pensar en un pectoral: ese nombre es un talismán.

—Ese nombre es grotesco y su hija será el hazmerreír de la gente.

—No: la hará lo bastante fuerte para defenderse.

—¿Y por qué darle de antemano razones para defenderse? ¡Ya encontrará suficientes obstáculos!

—¿Lo dice por mí?

—Entre otros.

—Tranquilícese, no la molestaré durante mucho tiempo. Y ahora escúcheme: estoy en la cárcel, privada de mis derechos. La única libertad que me queda consiste en llamar a mi hija como me dé la gana.

—Es egoísta, Lucette.

—Al contrario. Y, además, a usted no le incumbe.

Hizo bautizar al bebé en la cárcel para estar segura de controlar el asunto.

Aquella misma noche, confeccionó una cuerda con sábanas desgarradas y se ahorcó en su celda. Por la mañana, hallaron su ligero cadáver. No había dejado ninguna carta, ninguna explicación. El nombre de su hija, sobre el cual tanto había insistido, le sirvió de testamento.

Clémence, la hermana mayor de Lucette, fue a buscar al bebé a la cárcel. Todo fueron facilidades para quitarse de encima a aquella recién nacida bajo tan espeluznantes auspicios.

Clémence y su marido, Denis, tenían dos hijas de cuatro y dos años, Nicole y Béatrice. Decidieron que Plectrude sería la tercera.

Nicole y Béatrice acudieron a ver a su nueva hermana. No tenían ningún motivo para pensar que se trataba de la hija de Lucette, cuya existencia, por otra parte, ni siquiera habían registrado en la memoria.

Eran demasiado pequeñas para darse cuenta de que llevaba un nombre estrafalario y la adoptaron, pese a algunos problemas de pronunciación. Durante mucho tiempo la llamaron «Plecrude».

No hubo en el mundo bebé tan dotado para hacerse querer. ¿Acaso sentía que las circunstancias de su nacimiento habían sido trágicas? Sus desgarradas miradas suplicaban a su entorno que no se las tuviera en cuenta. Conviene señalar que tenía una baza para lograrlo: unos ojos de una belleza inverosímil.

Aquella pequeña y frágil recién nacida clavaba sobre su blanco una mirada enorme —enorme de dimensiones y de significado—. Sus ojos inmensos y magníficos decían a Clémence y a Denis: «¡Amadme! ¡Vuestro destino es amarme! ¡Sólo tengo ocho semanas, pero no por eso dejo de ser un ser grandioso! Si supierais, si tan sólo pudierais llegar a saber...»

Denis y Clémence parecían saber. De entrada, experimentaron por Plectrude una suerte de admiración. Era extraña incluso en su modo de tomar el biberón, a una lentitud insoportable, de no llorar nunca, de dormir poco por la noche y mucho de día, de señalar con un dedo decidido los objetos que codiciaba.

Miraba con gravedad y profundidad a cualquiera que la tomara en brazos, como para expresarle que aquél era el comienzo de una gran historia de amor y que existían motivos más que sobrados para sentirse consternado.

Clémence, que había amado locamente a su hermana difunta, volcó aquella pasión sobre Plectrude. No la quiso más que a sus dos hijas: la quiso de un modo diferente. Nicole y Béatrice le inspiraban una desbordante ternura; Plectrude le inspiraba veneración.

Las dos hijas mayores eran monas, buenas, inteligentes, agradables; la pequeña era algo fuera de lo común: espléndida, intensa, enigmática, extravagante.

Denis también se volvió loco por ella desde el principio, y siguió así. Pero nunca nada logró igualar el sagrado amor que Clémence le profesó. Entre la hermana y la hija de Lucette, aquel amor causó estragos.

Plectrude nunca tenía apetito y crecía tan lentamente como comía. Resultaba desesperante. Nicole y Béatrice devoraban y crecían a ojos vistas. Sus mejillas redondas y sonrosadas regocijaban a sus padres. En el caso de Plectrude, sólo los ojos crecían.

—¿De verdad vamos a llamarla así? —preguntó un día Denis.

—Por supuesto. Mi hermana quiso que llevara ese nombre.

—Tu hermana estaba loca.

—No. Mi hermana era frágil. De todos modos, Plectrude es bonito.

—¿A ti te lo parece?

—Sí. Y además le queda bien.

—No estoy de acuerdo. Parece un hada. Yo la habría llamado Aurore.

—Demasiado tarde. Las pequeñas ya la han adoptado con su nombre verdadero. Y te aseguro que le queda bien: le da un aire de princesa gótica.

—¡Pobre criatura! En la escuela no le será fácil llevarlo.

—En su caso, no. Tiene la suficiente personalidad para eso.

Plectrude pronunció su primera palabra a la edad normal y ésta fue: «¡Mamá!»

Clémence quedó extasiada. Divertido, Denis le hizo observar que la primera palabra de cada una de sus hijas —y, de hecho, de todos los niños del mundo— era «mamá».

—No es lo mismo —dijo Clémence.

Durante mucho tiempo «mamá» fue la única palabra de Plectrude. Como el cordón umbilical, aquella palabra le resultaba suficiente como vínculo con el mundo. De entrada, la había pronunciado a la perfección, con la vocal nasal al final, con una voz segura, en lugar del «mamamama» de la mayoría de los bebés.

La pronunciaba raramente, pero cuando la pronunciaba, lo hacía con una solemne claridad que obligaba a prestar atención. Cualquiera habría dicho que elegía el momento adecuado para causar el mayor efecto posible.

Clémence tenía seis años cuando nació Lucette: recordaba perfectamente a su hermana en el momento de nacer, y con un año, y con dos años, etcétera. No había confusión posible:

–Lucette era ordinaria. Lloraba mucho, a ratos era adorable y a ratos insoportable. No había nada excepcional en ella. Plectrude no se le parece en nada: es silenciosa, seria, reflexiva. Uno puede sentir hasta qué punto es inteligente.

Denis se burlaba cariñosamente de su mujer:

–Deja de hablar de ella como del mesías. Es una pequeña encantadora, eso es todo.

Enternecido, la levantaba en brazos por encima de su cabeza.

Al cabo de mucho tiempo, Plectrude dijo: «Papá.»

A la mañana siguiente, por pura diplomacia, dijo: «Nicole» y «Béatrice».

Su dicción era impecable.

Hablaba con la misma filosófica parsimonia con la que comía. Cada nueva palabra requería de tanta concentración y meditación como los nuevos alimentos que aparecían en su plato.

Cuando veía una verdura desconocida en medio de su puré, se la señalaba a Clémence.

—¿Y eso? —preguntaba.

—Eso es puerro. Puer-ro. Pruébalo, está muy rico.

Primero, Plectrude se pasaba media hora contemplando el trozo de puerro en su cuchara. Se lo llevaba a la nariz para evaluar su perfume, y luego lo observaba más y más.

—¡Ahora está frío! —decía Denis de mal talante.

Le traía sin cuidado. Cuando consideraba que su examen había terminado, se metía el alimento en la boca y lo gustaba durante largo rato. No emitía juicio alguno: iniciaba de nuevo la experiencia con un segundo trozo, y luego con un tercero. Lo más sorprendente era que procedía del mismo modo incluso cuando, tras cuatro tentativas, su veredicto definitivo era:

—Me da asco.

Normalmente, cuando a un niño le horroriza un determinado alimento, le basta con rozarlo sólo con la lengua para saberlo. Plectrude, en cambio, quería estar segura de sus gustos.

Con las palabras ocurría exactamente igual: almacenaba en su interior las novedades verbales y examinaba cada una de sus innumerables partes antes de destacarlas, casi siempre sin venir a cuento, ante la sorpresa general:

—¡Jirafa!

¿Por qué decía «jirafa» justo cuando estaban preparándose para salir a dar un paseo? Se sospechaba que no comprendía lo que decía. Sin embargo, sí comprendía. Lo que ocurría era que su reflexión era independiente de las contigencias exteriores. De repente, en el momento de ponerse el abrigo, la mente de Plectrude había acabado de digerir la inmensidad del cuello y de las patas de la jirafa: así pues, tenía que pronunciar su nombre, aunque sólo fuera para avisar a la gente de la aparición de la jirafa en su universo interior.

—¿Te has fijado en lo bonita que es su voz? —decía Clémence.

—¿Has oído alguna vez a un niño que no tuviera la voz linda? —observaba Denis.

—¡Precisamente! Tiene una voz bonita, no una voz linda —replicaba ella.

En septiembre, la llevaron a la guardería.

—Cumplirá tres años dentro de un mes. Quizás sea un poco pronto.

Ése no fue el problema.

Transcurridos algunos días, la profesora le comunicó a Clémence que no podían seguir teniendo a Plectrude.

—Es demasiado pequeña, ¿no es cierto?

—No, señora. Tengo niños todavía más pequeños en clase.

—¿Entonces?

—Es por su mirada.

—¿Qué?

—Hace llorar a los demás niños con sólo mirarlos fijamente. Y debo admitir que los comprendo: cuando me mira a mí, me siento incómoda.

Clémence, loca de orgullo, anunció a todo el mundo que su hija había sido expulsada de la guardería por sus ojos. Nadie había oído nunca una historia semejante.

Ya entonces, la gente mascullaba:

—¿Vosotros conocéis a algún niño al que hayan expulsado de la guardería?

—¡Y además por los ojos!

—¡Es cierto que la niña mira de un modo raro!

—¡Con lo buenas y tranquilas que son las dos mayores!... ¡La pequeña es un demonio!

¿Conocemos o no conocemos las circunstancias de su nacimiento? Clémence se guardó muy mucho de ir a interrogar a sus vecinos al respecto. Prefirió considerar como adquirida la filiación directa que la vinculaba con Plectrude.

Estaba encantada de que sus ratos a solas con la pequeña se prolongaran. Por la mañana, Denis se marchaba a trabajar con las dos mayores, a las que acompañaba a la escuela, a una, a la guardería, a otra. Clémence se quedaba sola con la pequeña.

En el momento en el que la puerta se cerraba detrás de su marido y de sus hijas, se metamorfoseaba en otra persona. Se convertía en el compuesto de hada y de bruja que la sola presencia exclusiva de Plectrude despertaba en ella.

—Tenemos vía libre. Vamos a cambiarnos.

Se cambiaba en el sentido más profundo del término: no sólo se quitaba la ropa ordinaria para envolverse en lujosas telas que le daban aires de reina india, sino que trocaba su alma de madre de familia por la de una criatura fantasmagórica dotada de excepcionales poderes.

Bajo la atenta mirada de la niña, la joven de veintiocho años dejaba salir a la superficie el hada de dieciséis años y la bruja de diez mil años que llevaba dentro.

A continuación desnudaba a la pequeña y le ponía el vestido de princesa que le había comprado a escondidas. La cogía de la mano y la llevaba hasta el gran espejo, donde se contemplaban.

—¿Te das cuenta de lo hermosas que somos?

Plectrude suspiraba de felicidad.

Y luego se ponía a bailar para hechizar a su pequeña de tres años. La niña se lo pasaba en grande

26

y se unía al baile. Clémence la cogía por las manos, para, de repente, ceñir su talle y hacerla volar.

Plectrude gritaba de alegría.

—Ahora, mirar las cosas —pedía la niña, que conocía el ritual.

—¿Qué cosas? —respondía Clémence como si no supiera a qué se refería.

—Las cosas de princesa.

Las cosas de princesa eran los objetos que, por una u otra razón, habían sido elegidos como nobles, magníficos, insólitos, raros —en definitiva, dignos de ser admirados por tan augusta persona.

Sobre la alfombra oriental del salón, Clémence reunía sus antiguas joyas, babuchas de terciopelo carmín que sólo había llevado una noche, los pequeños binóculos con dorados Art nouveau, la pitillera de plata, la petaca árabe de latón con falsas e impresionantes piedras, un par de guantes de encaje blanco, los anillos medievales de plástico abigarrado que Plectrude había recogido en un distribuidor automático, la corona de cartón de la festividad de Reyes.

De este modo se reunía un disparatado montón que a ambas les parecía maravilloso: entornando los ojos, podría haber parecido un auténtico tesoro.

Boquiabierta, la pequeña observaba aquel botín de piratas. Le interesaba cada objeto y los contemplaba con una seriedad extática.

A veces, la mayor le ponía todas las joyas así como las babuchas; luego, le tendía los binóculos y le decía:

—Vas a ver lo hermosa que estás.

Aguantando la respiración, la pequeña contemplaba su imagen reflejada en el espejo: en el corazón del círculo rodeado de dorados, descubría a una reina de tres años, una sacerdotisa engalanada, una novia persa el día de su boda, una santa bizantina posando para un icono. Se reconocía en aquella imagen insensata de sí misma.

Cualquier otro habría reído a carcajada limpia ante el espectáculo de aquella chiquilla hecha un brazo de mar. Clémence sonreía pero no se reía: lo que la impresionaba, más que la comicidad de la escena, era la belleza de la pequeña. Era hermosa como los grabados que uno encuentra en los cuentos de hadas de antaño.

«Los niños de hoy ya no son tan guapos», pensaba absurdamente —los niños de antaño tampoco debieron de ser mejores.

Ponía «música de princesa» (Chaikovski, Prokófiev) y preparaba una merienda de niño a manera de almuerzo: alajú, pastel de chocolate, bollo relleno de crema de manzana, bizcocho de almendras, flan de vainilla, y, para beber, sidra dulce y sirope de horchata.

Clémence disponía sus chucherías sobre la mesa con divertida vergüenza: nunca habría permitido a sus hijas mayores alimentarse sólo de golosinas. Se justificaba pensando que Plectrude era distinta:

—Es una comida para niños de cuentos de hadas.

Corría las cortinas, encendía las velas y llamaba a la pequeña. Ésta apenas probaba bocado, escuchando con los ojos muy abiertos y atentos lo que su mamá le contaba.

Hacia las dos de la tarde, Clémence se daba cuenta de repente de que las mayores volverían apenas tres horas después y de que no había cumplido con ninguna de las tareas de una madre de familia.

Entonces se enfundaba rápidamente la ropa ordinaria, corría hasta la esquina a comprar alimentos serios, regresaba para darle al hogar una apariencia aceptable, metía la ropa sucia en la lavadora y a continuación se marchaba a la escuela a buscar a sus hijas. En su apresuramiento, no siempre tenía tiempo o presencia de ánimo para quitarle a Plectrude el disfraz —por la simple razón de que para ella no se trataba de un disfraz.

Así, era posible ver caminando por la calle a una joven mujer zalamera, llevando de la mano a una microscópica criatura engalanada con una ropa que ni siquiera las princesas de *Las mil y una noches* se habrían atrevido a llevar en público.

A la salida de la escuela, aquel espectáculo provocaba a ratos perplejidad, a ratos risas, a ratos admiración y a ratos desaprobación.

Nicole y Béatrice siempre gritaban de alegría al ver la extravagante vestimenta de su hermana menor, pero algunas madres comentaban en voz alta e inteligible:

—¡Menuda ocurrencia vestir a un niño así!

—Ni que fuera un animal de circo.

—¡Que no se sorprendan luego si la pequeña se echa a perder!

—Utilizar a sus hijos para hacerse la interesante no tiene nombre.

También había adultos menos estúpidos que se enternecían ante semejante aparición. Esta última experimentaba placer, al tiempo que, en el fondo, le parecía normal que la contemplaran de aquel modo, ya que había observado, en el espejo, que era muy hermosa —y eso le había producido una voluptuosa emoción.

Conviene aquí abrir un paréntesis con el objetivo de zanjar de una vez por todas un debate ocioso que ya dura demasiado tiempo. Podríamos denominarlo la Encíclica de las Arsinoé.

En *El misántropo* de Molière, la joven, hermosa y coqueta Célimène es increpada por la vieja y amargada Arsinoé, quien, carcomida por los celos, viene a decirle que no debería disfrutar tanto de su belleza. Célimène le responde de un modo absolutamente delicioso. Por desgracia, el genio de Molière no habrá servido para nada, ya que, casi cuatro siglos después, se siguen expresando opiniones moralizantes, austeras y de aguafiestas cuando un ser tiene la desgracia de sonreír al ver su imagen reflejada.

El autor de estas líneas nunca ha experimentado placer alguno al verse en un espejo, pero si semejante gracia le hubiera sido concedida, no se habría privado en absoluto de ese inocente placer.

A las Arsinoé del mundo entero es sobre todo a quienes va dirigido este discurso: en realidad, ¿qué tenéis que objetar? ¿A quién perjudican estas bienaventuradas disfrutando de su belleza? ¿Acaso no son más bien benefactoras de nuestra triste condición, al ofrecernos la contemplación de rostros tan admirables?

El autor no se refiere aquí a los que han hecho de una falsa belleza un principio de desprecio y de exclusión, sino a aquellos que, simplemente encantados con su propia imagen, quieren que los demás compartan su felicidad natural.

Si las Arsinoé desplegaran la misma energía que invierten en despotricar contra las Célimène, intentando sacar el mejor partido de su propio físico, serían la mitad de feas.

Ya, al salir de la escuela, las Arsinoé de todas las edades la tomaban con Plectrude. Ella, perfecta en su papel de Célimène, no les hacía el más mínimo caso y sólo se preocupaba de sus admiradores, en cuyos rostros ella esperaba encontrar una hechizada sorpresa. La pequeña experimentaba un ingenuo placer que la hacía parecer más hermosa todavía.

Clémence devolvía a las tres niñas a su morada. Mientras las mayores se dedicaban a sus deberes o a sus dibujos, ella preparaba comida seria –jamón, puré– y a veces sonreía ante la diferencia de tratamiento alimentario de su progenitura.

No obstante, no podría habérsela acusado de favoritismo: quería a sus tres hijas por igual. Sentía por cada una un amor semejante a lo que le inspiraba: sabio y sólido en el caso de Nicole y Béatrice, loco y maravilloso en el caso de Plectrude. No por ello dejaba de ser una buena madre.

Cuando le preguntaron a la pequeña qué regalo deseaba para su cuarto cumpleaños, respondió sin una sombra de duda:

–Unas zapatillas de bailarina.

Un modo sutil de indicarle a sus padres lo que deseaba ser de mayor. Nada podría haber hecho más feliz a Clémence: había suspendido, a la edad de quince años, el examen de ingreso en la escuela de jóvenes bailarinas de la Ópera, y nunca lo había superado.

Plectrude fue inscrita en una academia de ballet para principiantes de cuatro años. No sólo no fue expulsada a causa de su intensa mirada sino que se convirtió rápidamente en una alumna distinguida.

—Esta pequeña tiene ojos de bailarina —dijo la profesora.

—¿Cómo puede uno tener ojos de bailarina? —se sorprendió Clémence—. ¿No tiene más bien un cuerpo de bailarina, talento de bailarina?

—Sí, tiene todo eso. Pero también tiene ojos de bailarina y, créame, es lo más importante y lo más raro. Si una bailarina carece de mirada, nunca podrá sentirse realmente identificada con su danza.

De lo que no cabía duda era de que, cuando bailaba, la mirada de Plectrude adquiría una extraordinaria intensidad. «Se ha encontrado a sí misma», pensaba Clémence.

A los cinco años, la pequeña seguía sin ir a la guardería. Su madre consideraba que acudir cuatro veces por semana a clases de ballet era suficiente para aprender el arte de vivir junto a otros niños.

—Eso no es lo único que enseñan en la guardería —protestaba Denis.

—¿De verdad necesita saber cómo recortar pegatinas, hacer collares con macarrones o macramé? —decía su esposa levantando la mirada hacia el cielo.

En realidad, Clémence deseaba prolongar tanto

como fuera posible los ratos a solas con su hijita. Le encantaban los días que pasaban juntas. Y, comparadas con la guardería, las lecciones de baile tenían una ventaja innegable: la madre tenía derecho a asistir a las mismas.

Veía cómo su hija daba vueltas con un extático orgullo: «¡Esta niña tiene un don!» Comparadas con ella, las otras niñas parecían patitas.

Después de las clases, la profesora no dejaba de acercársele para decirle:

—Tiene que continuar. Es excepcional.

Clémence se llevaba a su hija hacia su morada repitiéndole los halagos dedicados a ella que había recibido. Plectrude los acogía con la gracia de una diva.

—De todas formas, la guardería no es obligatoria —concluía Denis con un divertido fatalismo de hombre sumiso.

Por desgracia, el curso preparatorio sí era obligatorio.

En agosto, al ver que su marido se disponía a inscribir a Plectrude, la madre protestó:

—¡Sólo tiene cinco años!

—Cumplirá seis en octubre.

Esta vez, él no dio su brazo a torcer. Y el primero de septiembre ya no fueron dos sino tres los niños a los que acompañaron a la escuela.

La pequeña no se opuso, por otra parte. Se mostraba más bien presumida ante la idea de estrenar cartera. Asistimos, pues, a un primer día de escuela extraño: era la madre quien lloraba al ver alejarse a su hija.

Plectrude se desencantó enseguida. Aquello era muy distinto a las clases de ballet. Tuvo que permanecer sentada durante horas sin moverse. Tuvo que escuchar a una mujer cuyas opiniones no eran interesantes.

Hubo un recreo. Se precipitó al patio para dar saltos, hasta tal punto sus piernas no ya soportaban tanta inmovilidad.

Mientras tanto, los otros niños jugaban juntos: la mayoría ya se conocían de la guardería. Se contaban cosas. Plectrude se preguntaba de qué podían estar hablando.

Se acercó para escuchar. Era un murmullo ininterrumpido, producido por un gran número de voces, que ella no conseguía atribuir a sus propietarios: trataba de la profesora, de las vacaciones, de una tal Magali, de gomas, y dame un chicle, y Magali es mi amiga, pero cállate, estúpida, maaaaiheuuuu, no tienes Carambar, porque yo no voy a la misma clase que Magali, vale ya, no jugaremos más contigo, se lo diré a la profe, oh, la chivata, no haberme empujado, Magali me quiere más a mí que a ti, y además tus zapatos son feos, tatequieta, las chicas son tontas, me alegro de no ir a tu clase, y Magali...

Plectrude se marchó, horrorizada.

Luego, todavía tenía que escuchar a la maestra. Lo que decía seguía sin ser interesante; pero por lo menos era más coherente que la cháchara de los niños. Habría resultado soportable de no ser por esa obligatoriedad de inmovilidad. Por suerte, había una ventana.

—¡Oye, tú!

Al quinto «¡oye, tú!», y como toda la clase se reía, Plectrude comprendió que se dirigían a ella y se volvió hacia la asamblea de ojos estupefactos.

—¡Sí que tardas en reaccionar! —dijo la maestra.

Todos los niños se volvieron para mirar a la que había sido pillada en falta. Era una sensación atroz. La pequeña bailarina se preguntó qué clase de crimen había cometido.

—¡Es a mí a quien hay que mirar y no a la ventana! —concluyó la mujer.

Como no había nada que responder, la niña se calló.

—Se dice «¡Sí, señora!».

—Sí, señora.

—¿Cómo te llamas? —preguntó la maestra con cara de estar pensando: «A ti no te voy a quitar el ojo de encima.»

—Plectrude.

—¿Cómo dices?

—Plectrude —articuló con una voz clara.

Los niños eran todavía demasiado pequeños

para ser conscientes de la enormidad de aquel nombre. La maestra, en cambio, abrió los ojos, comprobó su lista y concluyó:

—Pues si lo que pretendías era hacerte la interesante, lo has conseguido.

Como si fuera ella la que hubiera elegido su nombre.

La pequeña pensó: «¡Con qué me sale ahora ésta! ¡Es ella la que intenta hacerse la interesante! ¡La prueba es que no soporta que la miren! ¡Quiere hacerse notar pero no es interesante!»

Sin embargo, dado que la maestra era la jefa, la niña obedeció. Se puso a mirarla con los ojos muy abiertos y fijos. Aquello sacó de quicio a la mujer, que no se atrevió a protestar por temor a dar órdenes contradictorias.

Lo peor llegó a la hora de la comida. Los alumnos fueron conducidos hasta una amplia cantina en la que reinaba un olor característico, mezcla de vómito de niño y de desinfectante.

Tuvieron que sentarse en mesas de diez. Plectrude no sabía dónde ponerse y cerró los ojos para no tener que elegir. La corriente la llevó hasta una mesa de desconocidos.

Unas mujeres trajeron unos platos de contenido y colores inidentificables. Presa del pánico, Plectrude no pudo decidirse a depositar aquellos cuerpos extraños sobre su plato. Así pues, se los sirvieron a la fuerza y se encontró ante una fiambrera llena de puré verdoso y de pequeños tacos de carne pardusca.

Se preguntó qué había hecho para merecer un destino tan cruel. Hasta entonces, para ella, la comida había sido una auténtica maravilla en la que, a la luz de un candelabro, protegida del mundo por colgaduras de terciopelo rojo, una hermosa mamá vestida con magnificencia le servía pasteles y cremas que ni siquiera estaba obligada a comer, al son de músicas celestiales.

Y allí, rodeada por el griterío de niños repulsivos y sucios, en una sala fea de olor extraño, le echaban al plato puré verde y le recordaban que no podría abandonar la cantina hasta haberlo engullido todo.

Escandalizada por lo injusto de su destino, la pequeña se dispuso a vaciar la fiambrera. Era espantoso. Le costaba horrores deglutir. A medio recorrido, vomitó en el plato y comprendió el origen de aquel olor.

—¡Pufff, eres asquerosa! —le dijeron los niños.

Una mujer se acercó a recoger la fiambrera y suspiró: «¡Ah, ya está!»

Por lo menos, aquel día no la obligaron a comer.

Después de aquella pesadilla, todavía tuvo que escuchar a la que, sin éxito, intentaba hacerse la interesante. Escribía en la pizarra negra conjuntos de trazos que ni siquiera eran bonitos.

Finalmente, a las cuatro y media, Plectrude fue autorizada a abandonar aquel lugar tan absurdo como abyecto. A la salida de la escuela, vio a su mamá y corrió a su encuentro como quien corre hacia la salvación.

A Clémence le bastó una sola mirada para saber hasta qué punto había sufrido su hija. La estrechó entre sus brazos murmurando palabras de consuelo:

—Ya está, se acabó, se acabó.

—¿De verdad? —deseó la pequeña—. ¿No volveré más?

—Sí. Es obligatorio. Pero ya te acostumbrarás.

Y Plectrude, aterrada, comprendió que no había venido a este mundo sólo a pasarlo bien.

No se acostumbró. La escuela era un tormento y continuó siéndolo.

Afortunadamente, estaban las clases de ballet. Cuanto más inútil y desagradable era lo que le enseñaba la maestra, más indispensable y sublime era lo que le enseñaba el profesor de danza.

Aquel desfase empezó a plantear algunos problemas. Después de varios meses, la mayoría de los niños de la clase conseguían descifrar y trazar las letras. Plectrude, en cambio, parecía haber decidido que aquellas cosas no iban con ella: cuando llegaba su turno y la maestra le enseñaba una letra escrita en la pizarra, pronunciaba un sonido al azar, siempre desacertado, con una falta de interés un pelín demasiado manifiesta.

La maestra acabó exigiendo reunirse con los padres de aquella calamidad de alumna. A Denis le molestó: Nicole y Béatrice eran buenas alumnas y no lo tenían acostumbrado a humillaciones de ese tipo. Sin confesarlo, Clémence experimentó un secreto orgullo: decididamente, aquella pequeña rebelde no hacía nada como los demás.

–¡Si esto continúa así, tendrá que repetir el curso preparatorio! –anunció la maestra amenazadora.

La madre abrió los ojos con admiración: nunca había oído hablar de un niño que repitiera el curso preparatorio. Aquello le pareció una hazaña, una gesta, una insolencia aristocrática. ¿Qué niño se atrevería a repetir el curso preparatorio? Allí donde los más mediocres salían adelante sin demasiados obstáculos, su hija ya afirmaba arrogantemente no ya su diferencia, ¡sino su excepcionalidad!

Denis, por su parte, no veía las cosas del mismo modo:

–¡Vamos a reaccionar, señora! ¡Vamos a tomar cartas en el asunto!

—¿Estamos a tiempo de evitar que repita? —preguntó Clémence, invadida por una esperanza que los otros dos interpretaron al revés.

—Por supuesto. Siempre y cuando consiga leer las letras antes del final de curso.

La madre disimuló su decepción. ¡Era demasiado bonito para ser cierto!

—Las leerá, señora —dijo Denis—. Es extraño: la pequeña parece inteligente, sin embargo.

—Es posible, señor. El problema es que no le interesa.

«¡No le interesa!», se animó Clémence. «¡Es fantástica! ¡No le interesa! ¡Qué personalidad! ¡Allí donde los mocosos se lo tragan todo sin rechistar, mi Plectrude ya hace una elección entre lo que es interesante y lo que no lo es!»

—No me interesa, papá.

—Pero vamos a ver, ¡leer es interesante! —protestó Denis.

—¿Por qué?

—Para leer historias.

—Ya ves. La maestra a veces nos lee historias del libro de lectura. Es tan aburrido que, al cabo de dos minutos, tengo que dejar de escuchar.

Clémence aplaudió mentalmente.

—¿Quieres repetir el curso preparatorio? ¿Es eso lo que quieres? —se enfureció Denis.

–Quiero ser bailarina.

–Incluso para ser bailarina, tienes que aprobar el curso preparatorio.

De repente, la esposa se dio cuenta de que su marido tenía razón. Reaccionó de inmediato. Fue a su habitación a buscar un libro gigantesco del siglo pasado.

Sentó a la niña sobre sus rodillas y hojeó con ella, devotamente, la antología de cuentos de hadas. Tuvo la delicadeza de no leerlo en voz alta, de limitarse a mostrarle las hermosísimas ilustraciones.

Esto supuso un impacto en la vida de la niña: nunca se había sentido tan maravillada como al descubrir aquellas princesas demasiado estupendas para poner los pies en el suelo, que, encerradas en sus atalayas, dialogaban con pájaros azules que resultaban ser príncipes, o se disfrazaban de porcachonas para reaparecer convertidas en seres más sublimes si cabe, cuatro páginas más adelante.

En aquel preciso instante supo, con una certeza sólo al alcance de las niñas, que un día se transformaría en una de esas criaturas que convierten a los sapos en nostálgicos, a las brujas en abyectas y a los príncipes en estúpidos.

–No te preocupes –le dijo Clémence a Denis–. Antes de que termine la semana, leerá.

El pronóstico no estaba a la altura de lo que

ocurrió: dos días más tarde, el cerebro de Plectrude había sacado provecho de las fastidiosas e inútiles letras que creía no haber asimilado en clase y había encontrado la coherencia entre los signos, los sonidos y los sentidos. Dos días más tarde, leía cien veces mejor que los mejores alumnos del curso preparatorio. De lo que se deduce que sólo existe una llave para acceder a la sabiduría, y es el deseo.

El libro de cuentos se le había manifestado como el manual de instrucciones para convertirse en una de las princesas de las ilustraciones. Ya que en adelante la lectura iba a resultarle necesaria, su inteligencia la había asimilado.

—¿Por qué no le enseñaste el libro antes? —se maravilló Denis.

—Este volumen es un tesoro. No quería malgastarlo enseñándoselo demasiado pronto. Era necesario que tuviera la edad suficiente para apreciar una obra de arte.

Así pues, dos días más tarde la maestra pudo constatar el prodigio: el pequeño desastre de estudiante que, único ejemplar en su especie, no conseguía identificar letra alguna, leía ahora como la mejor de una clase con niños de diez años.

En dos días había aprendido lo que una profesional no había logrado enseñarle en cinco meses.

La maestra pensó que los padres tenían un método secreto y los telefoneó. Denis, loco de orgullo, le contó la verdad:

–No hemos hecho nada en absoluto. Sólo le hemos enseñado un libro lo bastante hermoso para provocarle deseos de leer. Es lo que le hacía falta.

En su ingenuidad, el padre no se dio cuenta de que estaba cometiendo un gran error.

La maestra, que nunca había sentido demasiada simpatía por Plectrude, empezó a odiarla a partir de entonces. No sólo consideró aquel milagro como una humillación personal, sino que además experimentó hacia la pequeña la clase de odio que un espíritu mediocre siente hacia un espíritu superior: «¡Así que la señorita necesitaba que el libro fuera bonito! ¡Lo que hay que ver! ¡Pues es lo bastante bonito para los demás!»

En su rabiosa perplejidad, volvió a leer de cabo a rabo el libro de lectura incriminado. Narraba la vida cotidiana de Thierry, un niño sonriente, y de su hermana mayor Micheline, que le preparaba unas tostadas para la merienda y le impedía hacer tonterías, ya que ella era razonable.

–¡Qué encantador! –exclamó al finalizar la lectura–. ¡Es fresco, es arrebatador! ¿Qué más necesita esta parlanchina?

Necesitaba oro, mirra e incienso, púrpura y flores de lis, terciopelo azul como la noche sembrada de estrellas, grabados de Gustave Doré, chiquillas de ojos hermosos y graves y que no sonrían, lobos dolorosamente seductores, bosques maléficos —necesitaba de todo salvo la merienda del pequeño Thierry y de su hermana mayor, Micheline.

La maestra ya no desaprovechó ninguna oportunidad para manifestar su odio hacia Plectrude. Como ésta seguía siendo la última en cálculo, la maestra la llamaba «el caso desesperado». Un día que no conseguía efectuar una suma elemental, la maestra la invitó a volver a su sitio diciéndole:

—Tú no hace falta que te esfuerces. No lo conseguirás.

Los alumnos del curso preparatorio todavía estaban en aquella edad gregaria en la que el adulto siempre tiene razón y en la que la réplica resulta inimaginable. Plectrude se convirtió, pues, en blanco de todos los desprecios.

En clase de danza, en virtud de una lógica idéntica, era la reina. La profesora se maravillaba respecto a sus aptitudes y, sin atreverse a confesarlo (ya que no habría sido muy pedagógico de cara a los otros niños), la trataba como la mejor alumna que hubiera tenido en su vida. Por consiguiente, las niñas veneraban a Plectrude y se abrían paso a codazo limpio para bailar cerca de ella.

Tenía, pues, dos vidas bien distintas. Estaba la vida de la escuela, en la que luchaba sola contra todos, y la vida de las clases de danza, en la que era la estrella.

Tenía la suficiente lucidez para darse cuenta de que, si estuvieran con ella en el curso preparatorio, las niñas de las clases de danza quizás serían las primeras en despreciarla. Por eso mismo, Plectrude se mostraba distante con aquellas que reclamaban su amistad (y aquella actitud no hacía sino exacerbar todavía más la pasión de las pequeñas bailarinas).

Al final del año escolar, aprobó el curso preparatorio por los pelos, a costa de continuos esfuerzos en cálculo. Como premio, sus padres le regalaron una barra de pared, con el fin de que pudiera efectuar sus ejercicios delante del gran espejo. Se pasó las vacaciones practicando. A finales de agosto, podía sujetarse el pie con la mano.

Al volver a la escuela, le esperaba una sorpresa: la composición de su clase era la misma que la del año anterior, con una notable excepción. Había una nueva.

Era una desconocida para todos salvo para ella, ya que se trataba de Roselyne, de las clases de ballet. Pasmada de felicidad por estar en la misma clase que su ídolo, solicitó autorización para sentarse al lado de Plectrude. Nunca antes aquel sitio había sido reclamado, así que le fue atribuido.

Para Roselyne, Plectrude representaba el ideal absoluto. Se pasaba horas contemplando a aquella inaccesible musa que, milagrosamente, se había convertido en su vecina de pupitre.

Plectrude se preguntó si aquella veneración resistiría el descubrimiento de su impopularidad escolar. Un día, al subrayar la maestra su retraso en el cálculo, los niños se permitieron comentarios estúpidos y malvados respecto a su condiscípula. Roselyne se indignó a causa de ese proceder y le dijo a la que era blanco de aquellas burlas:

—¿Te das cuenta de cómo te tratan?

Acostumbrada, la pésima estudiante se encogió de hombros. Roselyne la admiró todavía más por ello y concluyó:

—¡Los odio!

Plectrude supo entonces que tenía una amiga.

Aquello cambió su vida.

¿Cómo explicar el considerable prestigio del que goza la amistad a ojos de los niños? Éstos creen, erróneamente por cierto, que querer es un deber de los padres, de los hermanos y de las hermanas. No entienden que se le pueda atribuir un mérito a lo que, según ellos, forma parte de su misión. Es típico de los niños decir: «Lo quiero porque es mi hermano (mi padre, mi hermana...). Es evidente.»

Para el niño, el amigo es aquel que lo elige. El

amigo es quien le ofrece lo que nadie le debe. Así pues, la amistad es para el niño el lujo supremo –y el lujo es aquello de lo que las almas nobles tienen la más ardiente necesidad–. La amistad proporciona al niño el sentido fastuoso de la existencia.

De regreso a casa, Plectrude anunció con solemnidad:

–Tengo una amiga.

Era la primera vez que se la oía decir nada semejante. Inicialmente, a Clémence se le encogió el corazón. Enseguida consiguió razonar: nunca habría competencia entre ella y la intrusa. Las amigas pasan. Una madre, no.

–Invítala a cenar –le dijo a su hija.

Plectrude abrió unos ojos horrorizados:

–¿Por qué?

–¿Cómo que por qué? Para presentárnosla. Queremos conocer a tu amiga.

La pequeña descubrió entonces que cuando uno quiere conocer a alguien, lo invita a cenar. Aquello le pareció inquietante y absurdo: ¿acaso se conocía mejor a una persona una vez que la habías visto comer? Si eso era así, no quería ni imaginar qué pensarían de ella en la escuela, cuya cantina constituía para ella un lugar de tortura y de vómitos.

Plectrude pensó que, si deseaba conocer a alguien, la invitaría a jugar. ¿Acaso no era jugando cuando las personas se mostraban como eran?

No por ello Roselyne dejó de ser invitada a cenar, ya que ésa era la costumbre entre los adultos. Todo transcurrió a pedir de boca. Plectrude esperó con impaciencia a que las formalidades terminasen: sabía que iba a dormir con su amiga, en su habitación, y la idea le parecía fantástica.

Tinieblas, por fin.

—¿Te da miedo la oscuridad? —preguntó esperanzada.

—Sí —dijo Roselyne.

—¡A mí no!

—En la oscuridad, veo bestias monstruosas.

—Yo también. Pero me gusta.

—¿Te gustan los dragones?

—¡Sí! Y también los murciélagos.

—¿No te dan miedo?

—No. Porque yo soy su reina.

—¿Cómo lo sabes?

—Lo he decidido.

A Roselyne aquella explicación le pareció admirable.

—Soy la reina de todo lo que se ve en la oscuridad: las medusas, los cocodrilos, las serpientes, las arañas, los tiburones, los dinosaurios, las babosas, los pulpos.

—¿Y no te dan asco?

—No. Me parecen hermosos.

—¿Nada te da asco, entonces?

—¡Sí! Los higos secos.

—¡Pero si los higos secos no dan asco!

—¿Tú te los comes?

—Sí.

—Si me quieres, no comas más.

—¿Por qué?

—Las vendedoras los mastican y luego vuelven a ponerlos dentro del paquete.

—Pero ¿qué dices?

—¿Por qué crees que están tan triturados y son tan feos?

—¿Es verdad eso?

—Te lo juro. Las vendedoras los mastican y luego los escupen.

—¡Pufff...!

—¿Lo ves? No hay nada más asqueroso en el mundo que los higos secos.

Disfrutaron de lo lindo de una repugnancia común que les llevó al séptimo cielo. Se contaron mutuamente, con todo lujo de detalles y gritando de placer, el aspecto repugnante de aquel fruto reseco.

—Te juro que no volveré a comerlos nunca más —dijo solemnemente Roselyne.

—¿Aunque te torturen?

—¡Aunque me torturen!

—¿Y si te los meten en la boca a la fuerza?

—¡Te juro que vomitaré! —declaró la niña con la voz de una recién casada.

Aquella noche consagró su amistad a la categoría de culto iniciático.

En clase, el estatus de Plectrude había cambiado. Había pasado de la condición de apestada a la de mejor amiga adulada. Si por lo menos hubiera sido adorada por una tonta de su misma especie, podrían haber seguido declarándola indeseable. Pero, a ojos de los alumnos, Roselyne era alguien estupendo desde todos los puntos de vista. Su único defecto, que consistía en ser nueva, constituía una tara muy efímera. En adelante, empezaron a preguntarse si no se habían equivocado respecto a Plectrude.

Evidentemente, aquellas discusiones nunca tuvieron lugar. Fue en el subconsciente colectivo de la clase donde circularon esas reflexiones. Y por ello, su impacto fue todavía mayor.

Cierto es que Plectrude seguía siendo una alumna desastrosa en cálculo y en muchas otras asignaturas. Pero los niños descubrieron que ser flojo en según qué materias, sobre todo cuando alcanzaba niveles extremos, tenía algo de admirable y heroico. Poco a poco percibieron el encanto de aquella forma de subversión.

La maestra, en cambio, no parecía percibirlo.

Los padres volvieron a ser convocados.

—Con su permiso, vamos a someter a su hija a un test.

No había modo de negarse. Denis se sintió profundamente humillado: trataban a su hija como una minusválida. Clémence estaba exultante: Plectrude no era normal. Aunque detectaran que la pequeña era retrasada, se lo tomaría como la señal de una elección.

Así pues, la criatura fue sometida a toda clase de sucesiones lógicas, enumeraciones abstrusas, figuras geométricas con enigmas que no venían a cuento, fórmulas bautizadas con el pomposo nombre de algoritmos. Ella respondió mecánicamente, lo más deprisa posible, para disimular un violento deseo de reír.

¿Fue el azar o el fruto de la ausencia de reflexión? Obtuvo un resultado tan excelente que daba miedo. Y así fue como en el espacio de una hora, Plectrude pasó del estatus de zoquete al de genio.

—No me sorprende —comentó su madre, molesta por el entusiasmo de su marido.

Como no tardaría en comprobar la pequeña, aquel cambio de terminología implicaba ciertas ventajas. Antes, cuando no conseguía resolver un ejercicio, la maestra la miraba con aflicción y los alumnos más detestables se burlaban de ella. Ahora, cuando no acertaba a resolver una operación, la maestra la contemplaba como al albatros de Baudelaire, cuya inteligencia de gigante le impedía calcular, y sus condiscípulos se avergonzaban de haber hallado la solución tan tontamente.

Por otra parte, como era realmente inteligente, se preguntó por qué no conseguía resolver cálculos fáciles mientras que, a lo largo del test, había respondido correctamente a ejercicios que la superaban. Se acordó de que no había reflexionado lo más mínimo durante los exámenes y llegó a la conclusión de que la clave estaba en la irreflexión absoluta.

A partir de entonces, procuró no pensar cuando le ponían delante una operación y anotar las primeras cifras que le pasaban por la cabeza. No por ello sus resultados fueron mejores, pero tampoco peores. Por consiguiente, decidió conservar ese método, que, aunque fuera de una eficacia idéntica al anterior, era primorosamente liberador. Y así fue como se convirtió en la estudiante pésima más apreciada de Francia.

Todo habría sido perfecto a no ser por esas incómodas formalidades de final de curso destinadas a seleccionar a aquellos que tendrían la satisfacción de pasar a un curso superior.

Ese período constituía una pesadilla para Plectrude, que era perfectamente consciente de la función del azar en sus peripecias. Afortunadamente, su reputación de genio la precedía: cuando el profesor comprobaba la incongruencia de sus resultados en matemáticas, concluía que la niña quizás tenía razón en otra dimensión y hacía borrón y cuenta nueva. O bien interrogaba a la pequeña acerca de su razonamiento, y el contenido de sus respuestas lo dejaba estupefacto de incomprensión. Había aprendido a simular lo que los demás creían que era el lenguaje de una superdotada. Por ejemplo, al final de un galimatías descabellado, ella concluía con un límpido: «Es evidente.»

No era en absoluto evidente para los profesores y las profesoras. Pero preferían disimular y le concedían a ese alumno su *nihil obstat*.

Genio o no genio, la niña sólo tenía una obsesión: la danza.

Cuanto más crecía, tanto más se maravillaban los profesores de sus dotes. Tenía la virtuosidad y la gracia, el rigor y la fantasía, la delicadeza y el sentido trágico, la precisión y el entusiasmo.

Lo mejor es que se la veía feliz de bailar –prodigiosamente feliz–. Podía percibirse su júbilo cuando sometía su cuerpo a la inmensa energía de la danza. Era como si su alma no hubiera esperado nada más que aquello durante mil años. El arabesco la liberaba de una misteriosa tensión interior.

Por si eso fuera poco, se adivinaba que tenía instinto para el espectáculo: la presencia de público acrecentaba su talento, y cuanta más atención expresaban las miradas de las que era objeto, más intensos eran sus movimientos.

También estaba aquella milagrosa esbeltez, que no la dejaba ni a sol ni a sombra. Plectrude era y seguía siendo de una delgadez digna de un bajorrelieve egipcio. Su levedad constituía un insulto a la ley de la gravedad.

Finalmente, sin haberse consultado mutuamente, los profesores coincidían al opinar sobre ella:

—Tiene ojos de bailarina.

A veces, Clémence tenía la impresión de que se habían asomado demasiadas hadas sobre la cuna de la niña: temía que aquello acabase atrayendo la furia divina.

Afortunadamente, su prole se adaptaba a aquel prodigio sin ningún problema. Plectrude no había invadido los dominios de sus dos hermanas mayores: Nicole era la primera en ciencias y en educación física, Béatrice tenía una clara predisposición para las matemáticas y talento para la historia. Quizás por instinto diplomático, la pequeña era una nulidad en todas estas asignaturas —incluso en gimnasia, para la cual la danza parecía no serle de ninguna ayuda.

Así pues, Denis tenía por costumbre atribuir a cada uno de sus retoños un tercio de la comprensión del universo: «Nicole será una científica y una atleta: ¿por qué no astronauta? Béatrice será una intelectual con la cabeza llena de números y de hechos: se dedicará a las estadísticas históricas. Y Plectrude es una artista rebosante de carisma: será bailarina o líder político, o ambas cosas.»

Concluía su pronóstico con una carcajada que era más de orgullo que de duda. Las niñas le escuchaban con satisfacción, ya que semejantes palabras resultaban halagadoras: pero la más joven no podía evitar cierta perplejidad, tanto ante aquellas oposiciones que le parecían enemigas del saber como ante la seguridad paterna.

Pese a tener sólo diez años y no estar adelantada respecto a su edad, había entendido algo muy importante: que en este mundo la gente no recogía lo que pensaba que merecía.

Por otra parte, tener diez años es lo mejor que le puede ocurrir a un ser humano. No digamos a una pequeña bailarina aureolada con el prestigio de su arte.

Diez años es el momento más radiante de la infancia. Ningún síntoma de la adolescencia asoma todavía en el horizonte: sólo la infancia más madura, rica en una experiencia ya prolongada, sin ese sentimiento de pérdida que asalta desde los inicios de la pubertad. A los diez años, no se es forzosamente feliz, pero se está forzosamente vivo, más vivo que cualquiera.

A los diez años, Plectrude era un núcleo de intensa vida. Estaba en la cima de su reinado. Reinaba en la escuela de danza, de la que era la estrella indiscutible, incluidas todas las edades. Reinaba en la clase de séptimo, que amenazaba con convertirse en una calamicracia, ya que la alumna más inútil en matemáticas, ciencias, historia, geografía, gimnasia, etcétera, era considerada un genio.

Reinaba en el corazón de su madre, que mostraba hacia ella una admiración infinita. Y reinaba en Roselyne, que la quería tanto como la admiraba.

Plectrude no les restregaba su triunfo por la cara a los demás. Su estatus extraordinario no la convirtió en una de esas marisabidillas de diez años que creen estar por encima de las leyes de la amistad. Mostraba devoción hacia Roselyne y le profesaba un culto idéntico al que su amiga le profesaba a ella.

Una oscura presciencia parecía haberla puesto sobre aviso de que podía perder su trono. Aquella angustia era tanto más verosímil cuanto que le recordaba la época en la que había sido el hazmerreír de la clase.

Roselyne y Plectrude ya se habían casado varias veces, la mayoría de las ocasiones la una con la otra, aunque no siempre. También podía ocurrir que se casasen con un chico de su clase que, en el transcurso de fabulosas ceremonias, era representado por su propio ectoplasma, a veces bajo la forma de un espantapájaros que representaba su imagen, a veces bajo la forma de Roselyne o de Plectrude disfrazada de hombre –un bicornio bastaba para ese cambio de sexo.

En realidad, la identidad del marido importaba poco. Siempre que el individuo real o imaginario no presentara vicios redhibitorios (barbada, voz de falsete o propensión a iniciar sus frases con: «De hecho...»), podía ser de su agrado. El objetivo del juego era crear una danza nupcial, del tipo comedia-ballet digna de Lulli, con cantos improvisados a partir de letras a cuál más trágica.

En efecto, resultaba inevitable que, tras un período nupcial demasiado breve, el esposo se transformara en pájaro o en sapo, y que la esposa acabara encerrada en un torreón víctima de un castigo insoportable.

–¿Por qué siempre termina mal? –preguntó un día Roselyne.

–Porque así resulta mucho más bonito –la tranquilizó Plectrude.

Aquel invierno, la bailarina inventó un juego de enorme heroicidad: consistía en dejarse sepultar bajo la nieve, sin moverse, sin oponer la más mínima resistencia.

—Hacer un muñeco de nieve es demasiado fácil —había decretado—. Hay que convertirse en muñeco de nieve, manteniéndose de pie bajo los copos, o yaciendo en la nieve, tumbado en un jardín.

Roselyne la miró con escéptica admiración.

—Tú harás el papel de muñeco, y yo el de estatua yaciente —prosiguió Plectrude.

Su amiga no se atrevió a manifestar sus reticencias. Y ambas se encontraron bajo la nieve, una tumbada en el suelo y la otra de pie. A esta última, aquello dejó de parecerle divertido enseguida: tenía frío en los pies, ganas de moverse, ningún deseo de transformarse en monumento viviente, y además se aburría, ya que, como las dignas estatuas que eran, las dos chiquillas estaban conminadas a guardar silencio.

La yaciente, en cambio, se lo pasaba en grande. Mantenía los ojos abiertos, como los muertos antes de la intervención de otra persona. Al tumbarse en el suelo, se había desprendido de su cuerpo: se había desolidarizado de la sensación glacial y del miedo físico a dejarse la piel en el intento. Ya sólo era un rostro sometido a las fuerzas celestiales.

No es que su feminidad de niña de diez años fuera un obstáculo sino que ni siquiera estaba presente: la estatua yaciente sólo había conservado la mínima parte de sí misma con el objetivo de oponer la menor resistencia posible a la lívida marejada.

Sus ojos muy abiertos contemplaban el espectáculo más fascinante del mundo: la muerte blanca, resplandeciente, que el universo le mandaba en forma de rompecabezas, piezas sueltas de un inmenso misterio.

A veces, su rostro escrutaba su cuerpo, que quedó sepultado antes que su rostro, porque la ropa aislaba el calor que de él emanaba. Luego sus ojos volvían al encuentro de las nubes, y, poco a poco, la tibieza de las mejillas disminuía, y pronto la capa de nieve pudo depositar encima su primer velo, y la estatua yaciente se resistió a sonreír para no alterar su elegancia.

Mil millones de copos más tarde, la delgada silueta de la estatua yaciente casi resultaba indiscernible, apenas un accidente en la blanca amalgama del jardín.

La única trampa había consistido en pestañear de vez en cuando, no siempre a propósito, por cierto. Así pues, sus ojos habían mantenido el acceso al cielo y todavía podían observar la lenta y mortal caída.

El aire traspasaba la fina capa de hielo, evitando así que la estatua yaciente se asfixiara. Ésta experimentaba una sensación extraordinaria, sobrehumana, la de una lucha contra no sabía quién, contra un ángel inidentificable —¿la nieve o ella misma?— pero también de una admirable serenidad, tan profunda era su aceptación.

Sobre el muñeco, en cambio, la cosa no cuajaba. Indisciplinado y poco convencido de la pertinencia de aquel experimento, no podía evitar moverse. Además, la posición de pie favorecía menos la sepultura —y aún menos la sumisión.

Roselyne miraba a la estatua yaciente preguntándose qué debía de estar haciendo. Conocía el carácter extremista de su amiga y sabía que le prohibiría preocuparse por su salud.

Había recibido la consigna de no hablar pero decidió transgredirla:

—Plectrude, ¿me oyes?

No hubo respuesta.

Aquello podía significar que, furiosa a causa de la desobediencia del muñeco, la estuviera castigando con su silencio. Semejante actitud habría respondido a su carácter.

Aquello también podía significar algo muy distinto.

Tempestad dentro del cráneo de Roselyne.

Sobre el rostro de la estatua yaciente, la capa de nieve se había hecho tan espesa que, incluso pestañeando, ya no conseguía evacuarla. Los orificios que hasta entonces se habían mantenido libres alrededor de los ojos se cerraron.

Primero, la luz del día todavía consiguió atravesar el velo, y la estatua yaciente tuvo la sublime visión de una cúpula de cristales a tan sólo unos milímetros de sus pupilas: era hermoso como un cofre lleno de gemas.

Pronto, la capa de nieve se volvió opaca. La candidata a morir se encontró en plena oscuridad. La fascinación por las tinieblas era fuerte: resultaba increíble descubrir que bajo tanta blancura reinara una oscuridad semejante.

Poco a poco, la amalgama fue haciéndose más densa.

La estatua yaciente se dio cuenta de que el aire ya no le llegaba. Quiso incorporarse para liberarse de aquella mordaza, pero la capa de nieve se había congelado, formando un iglú de proporciones idénticas a las de su cuerpo, y comprendió entonces que era prisionera de lo que iba a convertirse en su ataúd.

El viviente tuvo entonces una actitud de viviente: gritó. Los gritos fueron amortiguados por los centímetros de nieve: sólo emergió del montículo un gemido apenas audible.

Roselyne acabó por oírlo y se abalanzó sobre su amiga, y la arrancó de su tumba de copos, transformando sus manos en palas. El rostro morado apareció, de una belleza espectral.

La superviviente lanzó un grito delirante:

—¡Ha sido magnífico!

—¿Por qué no te levantabas? ¡Te estabas muriendo!

—Porque estaba encerrada. La nieve se había congelado.

—No, no estaba congelada. ¡He logrado retirarla con mis manos!

—¿De verdad? Entonces el frío debe de haberme debilitado demasiado para poder moverme.

Lo dijo con tal desenvoltura que Roselyne, perpleja, se preguntó si no se trataba de un simulacro. Pero no, estaba realmente morada. Vamos, que uno no puede fingir estar muriéndose.

Plectrude se levantó y miró el cielo con gratitud.

—¡Lo que me ha ocurrido ha sido fantástico!

—Estás loca. No sé si te das cuenta, pero si no llega a ser por mí, ya no estarías viva.

—Sí. Te lo agradezco, me has salvado la vida. Así resulta todavía más hermoso.

—¿Qué hay de hermoso en todo eso?

—¡Todo!

La pequeña exaltada regresó a su casa y la cosa no pasó de un señor catarro.

Su amiga pensó que se había librado de una buena. Su admiración por la bailarina no le impedía pensar que desvariaba: siempre tenía que escenificar su existencia, que proyectarse hacia lo grandioso, que organizar sublimes peligros allí donde reinaba la calma, que sobrevivir a ellos con aires milagrosos.

Roselyne nunca pudo librarse de la sospecha de que Plectrude había permanecido encerrada voluntariamente dentro de su mortaja de nieve: conocía los gustos de su amiga y sabía que la historia le habría parecido mucho menos admirable si ella hubiera salido con vida por su propio pie. Para satisfacer sus propias concepciones estéticas, había preferido aguardar a que otra persona la salvara. Y se preguntaba si no habría sido capaz de dejarse morir antes que transgredir las heroicas leyes de su personaje.

Lo cierto es que nunca pudo confirmar sus suposiciones. A veces intentaba convencerse de lo contrario: «Al fin y al cabo, me llamó para que la ayudara. Si de verdad estuviera loca, no habría pedido ayuda.»

Pero habían ocurrido otros hechos inquietantes que también la intrigaban. Cuando esperaban juntas el autobús, Plectrude tenía tendencia a quedarse de pie en la calzada y a permanecer allí incluso cuando pasaban coches. Roselyne tiraba de ella, con un ademán autoritario, y la hacía subir a la acera. En aquel preciso instante, la bailarina mostraba una conmovida expresión de placer.

Su amiga no sabía qué pensar al respecto. La ponía un poco nerviosa.

Un día, decidió no intervenir, a ver qué ocurría. Y lo vio.

Un camión se dirigía a toda velocidad hacia Plectrude, que no por ello se movía de la calzada. Era imposible que no se hubiera dado cuenta. Y, no obstante, no se movía.

Roselyne se dio cuenta de que su amiga la miraba fijamente a los ojos. Sin embargo, se repetía para sí misma el siguiente leitmotiv: «Dejaré que se las apañe sola, dejaré que se las apañe sola.»

El camión se acercaba peligrosamente.

—¡Cuidado! —gritó Roselyne.

La bailarina permaneció inmóvil, con los ojos fijos en los de su amiga.

En el último segundo, Roselyne la arrancó de la calzada agarrándola furiosamente por el brazo.

Plectrude tenía la boca contraída por el placer.

—Me has salvado la vida —dijo con un suspiro extático.

—Estás completamente loca —se enfureció la otra—. El camión habría podido pillarnos a las dos. ¿Te habría gustado que me muriese por tu culpa?

—No —se sorprendió la niña como si no hubiera contemplado semejante eventualidad.

—¡Entonces no vuelvas a hacerlo!

Ella se dio por enterada.

En su fuero interno, Plectrude volvió a revivir mil veces la escena de la nieve.

Su versión era muy diferente de la de Roselyne.

En realidad, era bailarina hasta tal punto que vivía la más mínima de las escenas de su vida como si de un ballet se tratase. Las coreografías permitían que el sentido de lo trágico se manifestase a cada paso: lo que cotidianamente resultaba grotesco, no lo era en una ópera y mucho menos en la danza.

«Yo me entregué a la nieve en aquel jardín, me tumbé bajo su presencia y vi cómo construía una catedral a mi alrededor, la he visto levantar lentamente los muros, luego las bóvedas, yo era la estatua yaciente con una catedral sólo para mí, más tarde las puertas se cerraron y la muerte vino a buscarme, primero era blanca y dulce y luego negra y violenta, iba a apoderarse de mí cuando mi ángel de la guarda acudió para salvarme, en el último segundo.»

Puestos a ser salvada, mejor serlo en el último segundo: así resultaba mucho más hermoso. Una salvación que no hubiera sido última habría resultado de mal gusto.

Roselyne ignoraba que interpretaba el papel de ángel de la guarda.

Plectrude cumplió doce años. Era la primera vez que un cumpleaños le encogía ligeramente el corazón. Hasta entonces, siempre le había parecido que un añito más nunca venía mal: era un motivo de orgullo, un paso heroico hacia un mañana forzosamente hermoso. Doce años era como una frontera: el último cumpleaños inocente.

Se negaba a pensar en los trece años. Sonaba horrible. El mundo de los adolescentes no la atraía en absoluto. Trece años, debía de ser una edad llena de desgarros, de malestar, de acné, de primeras menstruaciones, de sujetadores y otras atrocidades.

Doce años era el último cumpleaños en el que todavía podía sentirse fuera del alcance de las calamidades de la adolescencia. Acarició con deleite su torso plano como el parquet.

La bailarina fue a acurrucarse entre los brazos de su madre. Ella la mimó, la meció, le murmuró palabras de amor, la acarició; le prodigó las mil muestras de exquisita ternura que las mejores madres ofrecen a sus hijas.

A Plectrude le encantaba todo aquello. Cerraba los ojos de placer: ningún amor, pensaba, podría gustarle tanto como el de su madre. Estar entre los brazos de un chico no era algo con lo que soñara. Estar entre los brazos de Clémence era lo absoluto.

Sí, pero ¿iba su madre a quererla tanto cuando fuera una adolescente llena de granos? Aquella idea la aterró. Ni siquiera se atrevió a preguntarlo.

A partir de entonces, Plectrude se dedicó a cultivar su infancia. Era como el propietario de un terreno que, durante años, hubiera dispuesto de una gigantesca finca y que, a consecuencia de una catástrofe, se hubiera quedado sólo con unas pocas hectáreas. Haciendo de tripas corazón, cuidaba su pequeña parcela con montones de cuidados y de amor, emperijilando las raras flores de la infancia que todavía le era posible regar.

Se peinaba con colitas o trenzas, se vestía exclusivamente con delantales infantiles, se paseaba abrazada a un osito de peluche, se sentaba en el suelo para atarse los cordones de sus Kickers.

Para entregarse a semejantes comportamientos de niña, no tenía que hacer ningún esfuerzo: se dejaba llevar por el lado preferido de su ser, consciente de que, a partir del año siguiente, ya no le sería posible hacerlo.

Semejantes cálculos pueden parecer extraños. Pero no lo son para los niños y los adolescentes más pequeños, que observan con minuciosidad a aquellos de entre los suyos que están bien sea adelantados respecto a su edad, bien sea retrasados, con una admiración tan paradójica como su desprecio. Aquellos que exageran ya sea su adelanto ya sea su retraso se granjean el oprobio, la sanción, el ridículo o, más raramente, una reputación heroica.

Tomad una clase de quinto, o de cuarto, y preguntad a cualquiera de las chicas cuál de sus compañeras lleva ya sujetador: os sorprenderá comprobar la precisión de la respuesta.

En la clase de Plectrude –quinto ya– no faltaron las que se burlaron de sus colitas, pero fueron precisamente aquellas niñas que iban por delante en cuanto al sujetador, lo cual les granjeó más escarnios que alabanzas: podría suponerse, pues, que sus mofas compensaban la envidia por el torso plano de la bailarina.

La actitud de los chicos hacia las pioneras del sujetador era ambigua: las miraban de reojo al tiempo que emitían comentarios muy despreciativos al respecto. De hecho, es una costumbre que el sexo masculino conserve durante toda su vida eso de calumniar en voz alta aquello que alimenta sus obsesiones masturbatorias.

Las primeras manifestaciones de la sexualidad aparecieron en el horizonte de la clase de quinto, inspirando en Plectrude la necesidad de protegerse con una coraza de pronunciada inocencia. Habría sido incapaz de describir con palabras el miedo que sentía: sólo sabía que, mientras algunas de sus condiscípulas ya se sentían preparadas para todas esas «cosas raras», ella no lo estaba. Inconscientemente, se esforzaba por comunicárselo a las demás, con gran despliegue infantil.

En el mes de noviembre se anunció la llegada de un nuevo alumno.

A Plectrude le gustaban los nuevos. ¿Acaso Roselyne se habría convertido, cinco años antes, en su mejor amiga de no haber sido nueva? Siempre había unos átomos de su ser que ejercían de gancho para esos seres más o menos estupefactos.

Consciente o no, la actitud de la mayoría de los niños consistía en mostrarse despiadados con el nuevo o la nueva: la más mínima «diferencia» (pelaba la naranja con cuchillo, o exclamaba «¡maldita sea!» en lugar del clásico «¡mierda!») suscitaba risas contenidas.

A Plectrude, en cambio, le maravillaban aquellos comportamientos extraños: le inspiraban el entusiasmo del etnólogo enfrentándose a las costumbres de una tribu exótica. «Esa manera de pelar la naranja con un cuchillo ¡es bonita, es sorprendente!», o bien: «¡"Maldita sea" resulta tan sorprendente!» Daba la bienvenida a los nuevos con la acogedora generosidad de una tahitiana recibiendo a los marinos europeos y enarbolando una sonrisa a modo de collar de majaguas.

El nuevo resultaba especialmente conmovedor cuando cometía la incongruencia de llegar a mitad de curso en lugar de unirse al rebaño de septiembre.

Éste era el caso de aquel nuevo nuevo. Cuando entró, la bailarina ya sentía hacia él la mejor de las predisposiciones. El rostro de Plectrude se petrificó en una mezcla de horror y admiración.

Se llamaba Mathieu Saladin. Le encontraron un sitio al fondo, cerca de la calefacción.

Plectrude no escuchó ni una palabra de lo que decía el profesor. Lo que sentía era extraordinario. Le dolía la caja torácica y aquello le encantaba. Mil veces quiso darse la vuelta para mirar al chico. En general, nunca se privaba de observar a los demás hasta rozar la mala educación. Ahora no podía.

Por fin llegó la hora del recreo. Normalmente, la pequeña bailarina se habría acercado al nuevo con una luminosa sonrisa, para que se sintiera cómodo. Esta vez, permanecía desesperadamente inmóvil.

Los demás, en cambio, seguían siendo fieles a sus costumbres hostiles:

—Fijaos en el nuevo, ¿estuvo en la guerra de Vietnam o qué?

—Le llamaremos Cara Cortada.

Plectrude sintió crecer la cólera dentro de sí. Tuvo que contenerse para no gritar:

—¡Callaos! ¡Esa cicatriz es magnífica! ¡Nunca había visto a un chico tan maravilloso!

La boca de Mathieu Saladin estaba hendida por la mitad por una larga y perpendicular cicatriz, bien cosida pero terriblemente visible. Era demasiado grande para pensar en la cicatriz posoperatoria de un labio leporino.

Para la bailarina, no había duda posible: se trataba de una herida de combate con sable. El patronímico del chico le recordaba los cuentos de

Las mil y una noches, y no iba desencaminada, ya que se trataba de un apellido de remotos orígenes persas. A partir de ahí, se daba por supuesto que el chico poseía un sable de hoja curva. Seguro que tuvo que utilizarlo para acuchillar a algún infame cruzado, venido a reivindicar la tumba de Cristo. Antes de morder el polvo, el caballero cristiano, en un gesto vengativo de escandalosa mezquindad (ya que, al fin y al cabo, Mathieu Saladin se habría limitado a cortarlo a trocitos, lo cual resultaba la mar de normal en aquellos tiempos), le había dado una estocada en toda la boca, inscribiendo para siempre aquel combate sobre su rostro.

El nuevo tenía rasgos regulares, clásicos, a la vez amables e impasibles que no hacían sino destacar aún más la cicatriz. Plectrude, muda, se maravillaba por lo que estaba sintiendo.

—Y, entonces, ¿no vas a darle la bienvenida al nuevo como siempre? —dijo Roselyne.

La bailarina pensó que corría el riesgo de llamar la atención con su silencio. Hizo acopio de todo su coraje, respiró profundamente y fue al encuentro del chico con una sonrisa crispada.

Precisamente él estaba con un inmundo muchacho llamado Didier, un repetidor, que intentaba ganarse a Mathieu Saladin en exclusiva, a ver si así podía presumir de contar entre sus amistades con un chico con la cara señalada por un tajo.

—Hola, Mathieu —farfulló—. Me llamo Plectrude.

—Hola —respondió él, sobrio y educado.

Normalmente, ella solía añadir una fórmula cursi y amable, del tipo: «Bienvenido entre nosotros», o «Espero que te diviertas con nosotros». Allí, en cambio, no fue capaz de decir nada. Dio media vuelta y regresó a su sitio.

—Curioso nombre, pero una chica muy guapa —comentó Mathieu Saladin.

—Bueno, ya ves —murmuró Didier haciéndose el hastiado—. Si quieres tías, no te fijes en una cría. Mira, allí está Muriel: yo la llamo Tetas Grandes.

—En efecto —constató el nuevo.

—¿Quieres que te la presente?

Y antes siquiera de esperar la respuesta, cogió al chico por el hombro y lo condujo hasta la criatura de ventajoso torso. La bailarina no oyó lo que decían. Se le quedó en la boca un sabor amargo.

La noche que siguió a aquel primer encuentro, Plectrude pronunció el siguiente discurso para sí misma:

«Es mío. Es mío. No lo sabe, pero me pertenece. Me lo prometo: Mathieu Saladin es mío. Poco importa que sea dentro de un mes o dentro de veinte años. Me lo juro.»

Se lo repitió durante horas, como si de un conjuro se tratara, con una seguridad en sí misma que tardaría mucho tiempo en volver a sentir.

A partir del día siguiente, en clase, tuvo que rendirse a la evidencia: el nuevo no le dedicaba ni una triste mirada. Ella clavaba en él sus soberbios ojos sin que se diera la más mínima cuenta.

«Si no fuera por la herida, sería simplemente guapo. Con esta cicatriz, es magnífico», se repetía.

Sin ella saberlo, su obsesión por aquella marca de combate era rica en significados. Plectrude creía ser la verdadera hija de Clémence y de Denis y desconocía las circunstancias de su auténtico nacimiento. Ignoraba la extraordinaria violencia que había saludado su llegada al mundo de los vivos.

No obstante, tenía que existir una región, en sus tinieblas interiores, impregnada de aquel clima de crimen y de sangre, ya que lo que experimentaba al contemplar la cicatriz de aquel chico era tan profundo como un mal ancestral.

Consuelo: aunque no se interesaba por ella, hay que admitir que tampoco se interesaba por nadie más. Mathieu Saladin tenía un temperamento estable, sus rasgos eran poco móviles, su rostro no expresaba nada salvo una diplomacia neutral que estaba destinada a todos. Era alto, muy delgado y muy esmirriado. Sus ojos tenían la sabiduría de quienes han sufrido.

Cuando le preguntaban algo, se tomaba su

tiempo para reflexionar y lo que respondía era siempre inteligente. Plectrude nunca había conocido a un chico tan poco estúpido.

No era ni especialmente brillante ni espectacularmente malo en ninguna asignatura. En cada materia alcanzaba el nivel correcto, que le permitía pasar desapercibido.

La pequeña bailarina, cuyas notas, con los años, eran constantes en su nulidad, lo admiraba por ello. Y menos mal que se había ganado la simpatía y cierta estima de sus semejantes: sino, todavía le habría resultado más difícil soportar las reacciones que suscitaban sus respuestas.

—¿Por qué nos sale ahora con semejantes majaderías? —preguntaban algunos profesores, aterrados por lo que decía Plectrude.

Le habría gustado decirles que no lo hacía aposta. Pero le parecía que decirlo habría empeorado su situación. Puestos a provocar las desatadas carcajadas de toda la clase, mejor ampararse en la premeditación.

Los profesores creían que se sentía orgullosa de las reacciones del grupo y que las suscitaba. Era justo lo contrario. Cuando aquellas sandeces provocaban la hilaridad general, sentía deseos de que se la tragase la tierra.

Un ejemplo entre cientos: como el tema de la clase era la ciudad de París y sus monumentos históricos, Plectrude fue interrogada acerca del Louvre.

La respuesta prevista era el «Carrusel del Louvre»; la pequeña contestó:

—El Arco de Triunfo de Cadet Rousselle.

La clase aplaudió aquella nueva burrada con el entusiasmo de un público vitoreando a su cómico.

Plectrude se sentía desamparada. Sus ojos buscaban el rostro de Mathieu Saladin: vio que reía con ganas, con ternura. Suspiró con una mezcla de alivio y de despecho; alivio porque podría haber sido peor; despecho porque era una expresión muy distinta de la que habría deseado provocar en él.

«¡Si por lo menos pudiera verme bailar!», pensaba.

Desgraciadamente, ¿cómo demostrarle su don? Tampoco podía plantarse delante de él así como así y salirle de buenas a primeras con que era la estrella de su generación.

Para colmo de la mala suerte, el nuevo no frecuentaba a casi nadie más que a Didier. No se podía confiar en aquel mal sujeto para hacer que lo supiera: a Didier le importaba un comino Plectrude y el ballet. Sólo hablaba de revistas guarras, de fútbol, de cigarrillos y de cerveza. Haciendo valer su año de más, se las daba de adulto, decía que se afeitaba, lo que resultaba difícil de creer, y también presumía de su éxito con las chicas de cuarto o de tercero.

A saber qué encontraba Mathieu Saladin en la compañía de semejante botarate. En el fondo, estaba claro que no le encontraba nada: frecuentaba a Didier porque Didier quería que lo vieran con él. El repetidor le importaba tres pepinos. No suponía un incordio para él.

Un día, a costa de un fantástico coraje, se acercó a hablar con su héroe durante el recreo. Se escuchó a sí misma preguntarle qué cantante le gustaba.

Amablemente, él respondió que no le convencía ningún cantante y que, precisamente por eso, había formado un grupo de rock con unos amigos:

—Nos reunimos en el garaje de mis padres para crear la música que nos gustaría escuchar.

Plectrude estuvo a punto de desmayarse de admiración. Estaba demasiado enamorada para tener presencia de ánimo y no pronunció las palabras que le habría gustado pronunciar:

—Me encantaría escucharos tocar, a tu grupo y a ti.

Permaneció muda. Mathieu Saladin sacó la conclusión de que aquello no la interesaba; así que no la invitó a su garaje. Si lo hubiera hecho, no habría perdido siete años de su vida. A pequeñas causas, grandes efectos.

—¿Y a ti qué clase de música te gusta? —preguntó el chico.

Fue un desastre. Todavía estaba en la edad en la que uno escucha la misma música que sus padres.

Denis y Clémence adoraban la buena chanson francesa, Barbara, Léo Ferré, Jacques Brel, Serge Reggiani, Charles Trenet: si hubiera dado cualquiera de aquellos nombres, habría sido una respuesta excelente y en extremo respetable.

Pero Plectrude sintió vergüenza: «A los doce años, ¡ni siquiera eres capaz de tener tus propios gustos! No vas a responderle eso: se daría cuenta de que se trata de la música de tus padres.»

Lamentablemente, no tenía ni idea de cuáles eran los buenos cantantes de finales de los años setenta. Sólo conocía un nombre y ése fue el que citó:

—Dave.

La reacción de Mathieu Saladin no fue del todo malvada: soltó una carcajada. «¡No hay duda de que esta chica es una chistosa!», pensó.

Ella podría haber sacado provecho de aquella hilaridad. Por desgracia, la vivió como una humillación. Dio media vuelta y se marchó. «No le dirigiré la palabra nunca más», pensó.

Empezó para ella un período de decadencia. Sus resultados escolares pasaron de malos, como siempre habían sido, a execrables. La reputación de genio que hasta entonces había sembrado la duda en el alma de los profesores ya no era suficiente.

Plectrude también ponía de su parte: parecía haber optado por el suicidio escolar. No sin cierta embriaguez, se estrellaba contra los límites de la nulidad y los hacía estallar en mil pedazos.

No respondía aposta con barbaridades a las preguntas de los profesores: su única elección consistía en dejar de controlarse. En adelante, se dejaría llevar, diría lo que le dictase su lado interior de calamidad estudiantil, ni más ni menos. El objetivo no era llamar la atención (aunque, para ser sinceros, eso no le disgustase) sino ser rechazada, expulsada, extirpada como el cuerpo extraño que era.

El resto de la clase la escuchaba proferir monstruosidades geográficas («el Nilo nace en el Mediterráneo y no desemboca en ninguna parte»), geométricas («el ángulo recto hierve a noventa grados»), ortográficas («el participio pasado concuerda con las mujeres salvo cuando hay un hombre dentro del grupo»), históricas («el rey Luis XIV se hizo protestante al casarse con Edith de Nantes») y biológicas («el gato tiene los ojos núbiles y las garras nictálopes») con admiración.

Admiración que, por otra parte, era compartida por la propia niña. En efecto, no era sin una sorpresa maravillada como se escuchaba a sí misma pronunciar semejantes barbaridades: no daba crédito al hecho de almacenar tantas perlas surrealistas y tomaba conciencia del infinito que albergaba en su propio ser.

En cuanto a los demás alumnos, estaban convencidos de que la actitud de Plectrude era pura provocación. Cada vez que el profesor le hacía una pregunta, contenían la respiración, y se maravillaban del aplomo natural con el que ella iba soltando sus hallazgos. Creían que su objetivo era burlarse de la institución escolar y aplaudían su valentía.

Su fama traspasó las fronteras de la clase. En el recreo, todo el edificio se acercaba a preguntar a los alumnos de quinto por «la última de Plectrude». Se contaban sus hazañas como si de una canción de gesta se tratase.

La conclusión era siempre la misma:

—¡Cómo se pasa!

—¿Te pasas un poco, no? —la riñó su padre al ver sus notas.

—Ya no quiero ir más a la escuela, papá. No está hecha para mí.

—¡Ni hablar!

—Quiero ser bailarina de la Ópera de París.

Aquello no cayó en saco roto.

—¡Tiene razón! —dijo Clémence.

—¿Ahora además la defiendes?

—¡Pues claro! ¡Nuestra Plectrude es un genio de la danza! A su edad, ¡tiene que entregarse a su arte en cuerpo y alma! ¿Para qué iba a seguir perdiendo el tiempo con participios pasados?

Aquel mismo día, Clémence telefoneó a la escuela de las jóvenes bailarinas.

La escuela de danza a la que la chiquilla acudía habitualmente se mostró entusiasmada:

—¡Esperábamos que tomase esa decisión! ¡Ha nacido para eso!

Le escribieron cartas de recomendación en las que hablaban de ella como de la futura Pavlova.

Fue convocada por la escuela de la Ópera para pasar una prueba. Clémence gritó al recibir la carta de convocatoria, que, sin embargo, no significaba nada.

El día señalado, Plectrude y su madre tomaron el RER.[1] Cuando llegaron a la escuela de las jóvenes bailarinas, el corazón de Clémence latía con más fuerza si cabe que el de la pequeña.

Dos semanas más tarde, Plectrude recibió la carta de admisión. Fue el día más feliz de la vida de su madre.

En septiembre, comenzaría las clases de la Ópera, donde ingresaría en calidad de interna. La chiquilla estaba viviendo un sueño. Un brillante porvenir se abría ante ella.

1. Siglas con las que se conocen los trenes de cercanías que comunican la periferia de París con el centro de la capital. (*N. del T.*)

Estábamos en abril. Denis insistió para que terminara y aprobara su curso escolar:

—Así podrás decir que hiciste hasta cuarto.

A la pequeña bailarina, aquella patraña le pareció ridícula. Sin embargo, por cariño hacia su padre, hizo un último esfuerzo y, por los pelos, obtuvo los resultados suficientes. En adelante, contó con el favor de todos.

En el colegio, todos conocían la razón de su marcha y se sentían orgullosos de ello. Incluso los profesores para quienes Plectrude había significado una auténtica pesadilla declaraban que siempre habían intuido el «genio» de aquella niña.

Los bedeles alababan su gracia, las mujeres de la cantina elogiaban su falta de apetito, el profesor de educación física (asignatura en la que la bailarina brillaba por su apocamiento) resaltaba su agilidad y la delicadeza de sus músculos; el colmo fue cuando aquellos alumnos que, desde el curso preparatorio, nunca habían dejado de odiarla, presumieron de ser sus amigos.

Por desgracia, el único ser de la clase al que la pequeña habría deseado impresionar manifestó una cortés admiración. Si hubiera conocido mejor a Mathieu Saladin, habría sabido por qué su rostro se mostraba tan impasible.

En realidad, él estaba pensando: «¡Mierda! ¡Y yo que creía tener cinco años por delante para lograr mi objetivo! ¡Y resulta que ella va a convertirse en una estrella! No volveré a verla, eso está claro. Si por lo menos fuéramos amigos, tendría una excusa para verla en el futuro. Pero nunca he tenido una auténtica relación de amistad con ella y no voy a comportarme como esos palurdos que, desde que saben lo que le espera, fingen adorarla.»

El último día de clase, Mathieu Saladin se despidió de ella con frialdad.

«Menos mal que abandono la escuela», suspiró la bailarina. «Dejaré de verle y quizás piense menos en él. ¡Le da exactamente igual que me marche!»

Aquel verano no se fueron de vacaciones: la escuela de jóvenes bailarinas costaba cara. En su casa, el teléfono no dejaba de sonar: que si un vecino, que si un tío, que si un compañero, que si un colega, todos deseaban ir a ver al fenómeno.

—¡Y además es guapa! —exclamaban al verla.

Plectrude tenía prisa por ingresar como interna para huir así de aquel permanente desfile de curiosos.

Para no aburrirse, le daba vueltas y vueltas a sus penas de amor. Subía a lo alto de su árbol y se abrazaba al tronco con los ojos cerrados. Se contaba cuentos y el cerezo se convertía en Mathieu Saladin.

Abría de nuevo los ojos y tomaba conciencia de lo absurdo de su actitud. Le daba rabia: «¡Qué estúpido es tener doce años y medio y gustarle a todo el mundo menos a Mathieu Saladin!»

De noche, en la cama, se contaba cuentos mucho más intensos: Mathieu Saladin y ella estaban encerrados en un tonel que era arrojado a las cataratas del Niágara. El tonel se estrellaba contra las rocas, y unas veces él y otras veces ella resultaban heridos o se desmayaban y había que salvarlos.

Las dos versiones tenían su lado bueno. Cuando era ella la que tenía que ser rescatada, le encantaba que él buceara para ir a buscarla al fondo de los remolinos, que la cogiera por la cintura para devolverla a la vida y que, una vez en la orilla, le practicara la respiración artificial; cuando quien estaba herido era él, ella le sacaba del agua y se recreaba en sus heridas, cuya sangre lamía regocijándose ya con las nuevas cicatrices que le harían todavía más guapo.

Acababa sintiendo escalofríos de placer que la volvían loca.

Esperaba el principio de curso como una liberación. Resultó ser un encarcelamiento.

Sabía que en la escuela de jóvenes bailarinas reinaría una férrea disciplina. Sin embargo, lo que allí descubrió superaba los presentimientos más delirantes.

Plectrude siempre había sido la más delgada de todos los grupos humanos en los que se había aventurado. Aquí, en cambio, pertenecía al grupo de las «normales». Fuera del internado, las que eran calificadas de delgadas habrían sido denominadas esqueléticas. Por otra parte, aquellas cuyas proporciones habrían sido consideradas normales en el mundo exterior, entre aquellas paredes eran tratadas directamente de «vacas gordas».

El primer día fue digno de una carnicería. Una especie de enjuta y vieja charcutera acudió para pasar revista a las alumnas como si de trozos de carne se tratase. Las separó en tres categorías y les soltó el siguiente discurso:

—Las delgadas, bien, seguid así. Las normales, vale, pero no os quitaré el ojo de encima. Las vacas gordas o adelgazáis u os marcháis: aquí no hay sitio para cerdas.

Aquellos amables alaridos fueron saludados por la hilaridad de las «delgadas»: parecían cadáveres riéndose. «Son monstruosas», pensó Plectrude.

Una «vaca gorda», que era una hermosa chiquilla de complexión perfectamente normal, rompió a llorar. La vieja se le acercó para echarle una bronca en los siguientes términos:

—¡Aquí nada de sensiblerías! ¡Si lo que quieres es continuar cebándote de caramelos en las faldas de tu mamá, nadie te lo impide!

Luego, los jóvenes trozos de carne fueron medidos y pesados.

Plectrude, que iba a cumplir trece años un mes más tarde, medía un metro cincuenta y cinco y pesaba cuarenta kilos, lo cual era poco, sobre todo teniendo en cuenta que era todo músculos, como cualquier bailarina que se precie; no por ello dejaron de recordarle que era «un máximo que no había que superar».

Para todas aquellas chiquillas, ese primer día en la escuela constituyó una brutal desposesión de la infancia: la víspera, sus cuerpos todavían eran unas plantas queridas que se regaban y cuidaban y cuyo crecimiento se esperaba como un maravilloso fenómeno natural, garantía de un brillante porvenir, sus familias eran jardines de tierra fértil donde la vida transcurría tranquila y confortablemente. Y, de repente, de la noche a la mañana, eran arrancadas de aquel húmedo mantillo y se encontraban en un mundo árido, donde el arisco ojo de especialista extremo-oriental decretaba que este o aquel tallo debía ser alargado, que esta o aquella raíz debía ser más afinada, y que lo acabarían siendo, por las buenas o por las malas, ya que, desde la noche de los tiempos, existían técnicas para conseguir que así fuera.

Aquí, ni un ápice de ternura en los ojos de los adultos: sólo un escalpelo vigilando las últimas pulpas de la infancia. Las pequeñas acababan de hacer un viaje instantáneo a través de los siglos y del espacio: en pocos segundos, habían pasado de finales del segundo milenio en Francia a la China medieval.

Decir que entre aquellos muros reinaba una férrea disciplina es decir poco. El entrenamiento se iniciaba por la mañana temprano y finalizaba tarde por la noche, con insignificantes interrupciones para comidas que ni siquiera eran merecedoras de ese nombre y para una plaga de clases durante las cuales las alumnas saboreaban el reposo del cuerpo de un modo tan intenso que se olvidaban por completo del esfuerzo intelectual requerido.

Con semejante régimen, todas las chicas adelgazaron, incluso aquellas que ya eran excesivamente delgadas. Estas últimas, lejos de preocuparse como habría hecho cualquiera con sentido común, se alegraban de ello. Una nunca era lo bastante esquelética.

Contrariamente a lo que el primer día hacía suponer, el peso no era la principal preocupación. Los cuerpos estaban tan extenuados a causa de las interminables horas de ejercicios que la obsesión era simplemente poder sentarse. Los instantes en los que no se empleaban los músculos se vivían como auténticos milagros.

Desde el momento de levantarse, Plectrude deseaba que llegara la hora de acostarse. El momento en el que uno entregaba su dolorida y fatigada osamenta a la cama para abandonarse durante toda la noche resultaba tan voluptuoso que no podía pensar en nada más. Para las chiquillas, aquél era el único instante de relajación; las comidas, por el contrario, constituían momentos de angustia. Los profesores habían demonizado los alimentos hasta tal punto que, por mediocres que fueran, siempre parecían apetitosos. Aterrorizadas, las niñas los temían, asqueadas por el deseo que suscitaban. Un bocado tragado era un bocado de más.

Muy rápidamente, Plectrude empezó a hacerse preguntas. Había ingresado en aquella institución para convertirse en bailarina, no para perder el placer de vivir hasta el punto de no tener ideal más elevado que el de dormir. Aquí perfeccionaba la danza de la mañana a la noche sin tener la sensación de bailar: era como un escritor obligado a no escribir y a estudiar gramática sin cesar. De acuerdo que la gramática es esencial, pero sólo si tiene como objeto la escritura: privada de su objetivo, se convierte en un código estéril. Plectrude nunca se había sentido tan poco bailarina como desde su ingreso en la escuela. En las clases de ballet que había frecuentado en los años precedentes, había lugar para pequeñas coreografías. Aquí se hacían ejercicios y punto. La barra acababa por recordarte las galeras.

Aquel sentimiento de perplejidad parecía ser compartido por muchas alumnas. Ninguna hablaba de ello y, no obstante, podía notarse cómo el desánimo se extendía entre las criaturas.

Se produjeron abandonos. Parecía que las autoridades estuvieran esperándolos. Aquellas defecciones arrastraban otras. Aquella criba espontánea encantaba a los maestros y mortificaba a Plectrude, para quien cada abandono equivalía a una defunción.

Lo que tenía que ocurrir, ocurrió: sintió la tentación de marcharse. Se lo impidió la sorda impresión de que su madre se lo habría reprochado y que ni siquiera sus excelentes explicaciones habrían servido para algo.

No había duda de que la dirección de la escuela esperaba el abandono de un número determinado de personas, ya que, de la noche a la mañana, su actitud cambió. Las alumnas fueron convocadas en una sala más grande que de costumbre, donde, de entrada, se dirigieron a ellas en los siguientes términos:

—En los últimos tiempos, habréis observado que se han producido numerosos abandonos. No llegaremos al extremo de decir que los hemos provocado deliberadamente pero tampoco cometeremos la hipocresía de lamentarlos.

Se produjo un silencio, que, sin duda, tenía como único objetivo que las niñas se sintieran incómodas.

—Aquellas que se han marchado han demostrado no tener auténticos deseos de bailar; mejor dicho, han demostrado que no tenían la paciencia necesaria para ser bailarinas de verdad. ¿Sabéis lo que algunas de esas parlanchinas declararon al anunciar su defección? Que habían venido aquí para bailar y que aquí no se bailaba. ¿Y qué se creían? ¿Que pasado mañana les tocaría interpretarnos *El lago de los cisnes?*

Plectrude recordó una expresión que solía usar su madre: «Azotar al perro delante del lobo.» Sí, de eso se trataba: los profesores estaban azotando a los perros delante de los lobos.

–Para bailar, hay que merecerlo. Bailar, bailar sobre un escenario y delante de público constituye la mayor de las felicidades. A decir verdad, incluso sin público, incluso sin escenario, bailar es el colmo de la embriaguez. Una alegría tan profunda justifica los sacrificios más crueles. La educación que os damos aquí tiende a presentar la danza como lo que es: no un medio sino la recompensa. Sería inmoral permitir bailar a las alumnas que no se lo han ganado. Ocho horas diarias de barra y un régimen de hambruna sólo les parecerá duro a aquellas que no tienen auténticos deseos de bailar. Así pues, ¡las que todavía quieran marcharse pueden marcharse!

Nadie más se marchó. El mensaje había sido comprendido. Moraleja: pueden aceptarse las peores disciplinas mientras te sean argumentadas.

La recompensa llegó: se bailó.

Casi nada, es cierto. Pero el simple hecho de

abandonar la barra para lanzarse, ante la mirada de las demás, hasta el centro de la sala, y de dar vueltas y vueltas durante unos instantes y de sentir hasta qué punto el cuerpo de una poseía el arte para dar ese paso resultaba enloquecedor. Si diez segundos podían proporcionar tanto placer, una ni siquiera se atrevía a soñar lo que experimentaría bailando durante dos horas.

Por primera vez, Plectrude compadecía a Roselyne, que no había sido admitida en la escuela de las jóvenes bailarinas. Seguiría siendo para siempre una joven vulgar, para quien la danza constituye una forma de recreo. Ahora, Plectrude bendecía la dureza de los profesores, que le habían enseñado que aquel arte era una religión.

Lo que hasta entonces la había escandalizado ahora le parecía perfectamente normal. Que las hicieran pasar hambre, que las embrutecieran en la barra machacándolas con tecnicismos durante horas, que las insultaran, que llamaran «vacas gordas» a chiquillas sin las más mínimas curvas, todo eso le parecía admisible.

Incluso aquellas cosas mucho peores que, al principio, le provocaban deseos de denunciarlas como atentados contra los derechos humanos ahora ya no la hacían sublevarse. Las que presentaban síntomas de pubertad antes que las otras se veían obligadas a engullir unas píldoras prohibidas que bloqueaban algunas mutaciones de la adolescencia.

Tras una breve investigación, Plectrude se dio cuenta de que ninguna alumna de la escuela tenía la regla, ni siquiera en los cursos superiores.

A escondidas, lo había comentado con una chica mayor, que le había dicho:

—Para la mayoría de las alumnas, las píldoras ni siquiera son necesarias: la baja alimentación es suficiente para bloquear el ciclo hormonal y las modificaciones físicas que conlleva la aparición de la regla. Sin embargo, hay algunas chicas duras de pelar que consiguen convertirse en púberes a pesar de las privaciones. Éstas deben tomarse la famosa píldora que detiene la menstruación. En esta escuela, el tampón es un objeto imposible de encontrar.

—¿Y no hay chicas que tienen la regla a escondidas?

—¡Estás loca! Saben que eso va en contra de sus intereses. Son ellas mismas las que piden la píldora.

En su momento, aquella conversación había escandalizado a Plectrude. Ahora, en cambio, admitía las peores manipulaciones y le parecían estupendas las leyes espartanas de la institución.

Su mente estaba literalmente subyugada: sometida al yugo de los profesores, les daba la razón en todo.

Por fortuna, dentro de su cabeza, la voz de la infancia todavía reciente, más sabiamente contestataria que la de la adolescencia, la salvaba susurrándole higiénicas barbaridades: «¿Sabes por qué este lugar se llama la escuela de los ratoncitos?[1] Se dice que es el nombre de las alumnas pero en realidad es el de los profesores. Sí, son ratas, roñicas, con enormes dientes para roer la carne de los cuerpos de las bailarinas. Tiene mucho mérito sentir tanta pasión por la danza mientras ellos sienten tan poca: a ellos lo que les interesa, como buenas ratas que son, es pasarnos el rastrillo por encima, y luego comernos. Rata es sinónimo de avaro, ¡y ojalá sólo fueran avaros de dinero! ¡Avaros de belleza, de placer, de vida, e incluso de danza! ¡Quién dice que ésos amen la danza! ¡Son sus peores enemigos! Los eligen por su odio hacia la danza, aposta, porque, si la amaran, sería demasiado fácil para nosotras. Amar lo mismo que ama tu profesor resultaría demasiado natural. Aquí se nos exige algo sobrehumano: que nos sacrifiquemos por un arte que nuestros maestros aborrecen, un arte traicionado cien veces al día por la insignificancia de su espíritu. El baile es ímpetu, gracia, generosidad, el don absoluto; lo contrario de la mentalidad de una rata.»

El diccionario Robert le proporcionó el ali-

1. La autora hace un juego de palabras intraducible entre *petits rats,* literalmente «ratoncitos», nombre con el que se denomina a las jóvenes estudiantes de danza de la escuela de la Ópera de París, y *rat,* «rata». *(N. del T.)*

mento que le faltaba. Plectrude leyó con voracidad y deleite: «Rata de cloaca, ser una rata, cara de rata, avaro, roñica.» Sí, realmente la escuela hacía honor a su nombre.

Y, sin embargo, existía una auténtica salubridad en elegir profesores abyectos. No sin razón, la institución consideraba que animar a las bailarinas habría resultado inmoral. La danza, arte total donde los haya, requería de una implicación absoluta del propio ser. Así pues, resultaba obligatorio poner a prueba la motivación de las niñas minando su ideal hasta lo más profundo de sus fundamentos. Aquellas que no resistieran, jamás podrían alcanzar la envergadura mental de una estrella. Semejantes métodos, por monstruosos que fueran, eran propios de una ética exacerbada.

Sólo que los profesores no lo sabían. No estaban al corriente de la suprema misión de su sadismo y lo ejercían por pura voluntad de hacer daño.

Y así fue como, en secreto, Plectrude también aprendió a bailar contra ellos.

En tres meses, perdió cinco kilos. Se alegró por ello. Más aún teniendo en cuenta que había observado un fenómeno extraordinario: al cruzar por el lado inferior el simbólico listón de los cuarenta kilos no sólo había perdido peso sino que también había perdido sentimientos.

Mathieu Saladin: aquel nombre que hasta entonces la hacía entrar en trance la dejaba ahora totalmente fría. Y, sin embargo, no había vuelto a ver al chico, ni tenido noticias suyas: no había tenido la oportunidad, pues, de decepcionarla. Tampoco había conocido a otros chicos que podrían haberla hecho olvidar al que amaba.

Tampoco había sido el paso del tiempo lo que la había enfriado. Tres meses era un período corto. Y, además, se había observado demasiado a sí misma para no darse cuenta del encadenamiento de las causas y de los efectos: cada kilo de menos se llevaba consigo una parte de su amor. Ella no lo lamentaba, al contrario: para poder lamentarlo habría sido necesario que todavía experimentase la capacidad de sentir. Se alegraba de haberse librado de aquel doble lastre: los cinco kilos y aquella enojosa pasión.

Plectrude se prometió a sí misma no olvidar la siguiente ley: el amor, la pesadumbre, el deseo, la pasión: todas aquellas estupideces eran enfermedades segregadas por los cuerpos de más de cuarenta kilos.

Si, por desgracia, un día volvía a alcanzar ese peso de obesa y si, en consecuencia, el sentimiento volvía a torturar su corazón, ya contaba con el remedio para tan ridícula patología: no comer y dejarse consumir hasta rebajar el listón de los cuarenta kilos.

Pesando treinta y cinco kilos, la vida era distinta: la obsesión consistía en superar las pruebas físicas del día, en distribuir su energía de tal modo que se tenga la suficiente para ocho horas de ejercicios, en enfrentarse con valentía a las tentaciones de la comida, en disimular orgullosamente el agotamiento de las propias fuerzas; en definitiva, en bailar cuando uno se lo hubiera ganado.

La danza era lo único trascendente. Justificaba plenamente aquella árida existencia. Jugar con la propia salud carecía de importancia mientras uno pudiera conocer aquella increíble sensación que era la del despegue.

Existe un malentendido acerca de la danza clásica. Para muchos, se trata únicamente de un ridículo universo de tutús y zapatillas de color rosa, de manierismos de puntilla y de cursilerías aéreas. Lo peor es que es verdad: es todo eso.

Pero no sólo eso. Despojad a la danza de sus amaneramientos ñoños, de su tul, de su academicismo y de sus románticos moños: constataréis que queda algo y que lo que queda es grandioso. La prueba es que los mejores bailarines modernos se reclutan en la escuela clásica.

Porque el Grial del ballet es el despegue. Ningún profesor lo formula de ese modo por miedo a parecer loco de remate. Pero quien ha aprendido la técnica de saltar de dos piernas a una, de brincar despegando con un pie al frente e ir cruzando las piernas en el aire, del *grand jeté,* no puede dudarlo: lo que intentan enseñarle es el arte del despegue.

Si los ejercicios de barra resultan tan aburridos se debe a que ésta es una percha. Cuando uno sueña con volar, le saca de quicio que le obliguen a amarrarse a un trozo de madera, durante horas, mientras siente en sus miembros la llamada del vacío.

En realidad, la barra corresponde al entrenamiento que los pajarillos reciben en el nido: les enseñan a desplegar sus alas antes de utilizarlas. Para los pajarillos, bastan unas horas. Pero si un ser humano tiene el extravagante proyecto de cambiar de especie y aprender a volar, es lógico que deba dedicar varios años a ejercicios extenuantes.

Será recompensado más allá de sus expectativas cuando llegue el momento en que tenga derecho a abandonar la percha —la barra— y lanzarse hacia el espacio exterior. El espectador escéptico quizás no se dé cuenta de lo que ocurre en el cuerpo de la bailarina clásica en ese preciso instante: es una auténtica locura. Y que semejante demencia respete un código y una férrea disciplina nada le quita al lado insensato del asunto: el ballet clásico es el conjunto de técnicas encaminadas a presentar como posible y razonable la idea del despegue humano. Así las cosas, ¿por qué sorprenderse de los atavíos grotescos, por no decir granguiñolescos, con los cuales se ejerce esta danza? ¿De verdad esperan que un proyecto tan chiflado corresponda a gente mentalmente sana?

Este largo inciso va dirigido a aquellos para quienes el ballet sólo provoca risa. Hacen bien en reírse, pero que no se limiten a reírse: la danza clásica también esconde un ideal aterrador.

Y los estragos que este último puede provocar en un espíritu joven equivalen a los de una droga dura.

Por Navidad, hubo que pasar unas cortas vacaciones en familia.

Ninguna alumna de la escuela se alegraba de ello. La perspectiva, por el contrario, las llenaba de aprensión. Vacaciones: ¿para qué podía servir semejante cosa? Todavía se justificaban en los tiempos en los que el objetivo de la vida era disfrutar. Pero aquella época, que era la de la infancia, había sido superada: actualmente, el único sentido de la existencia era la danza.

Y la vida familiar, compuesta básicamente de comidas y de apoltronamiento, estaba en contradicción con la nueva obsesión.

Plectrude pensó que abandonar la infancia también era eso: no alegrarse ya con la llegada de la Navidad. Era la primera vez que le ocurría. El año anterior, había acertado al temerle tanto a la edad de los trece años. Había cambiado de verdad.

Todos tuvieron la oportunidad de comprobarlo. Su delgadez les impactó: su madre fue la única que se maravilló. Denis, Nicole, Béatrice y Roselyne, a la que habían invitado, mostraron su desaprobación.

—Tu rostro parece el filo de un cuchillo.

—Es bailarina —protestó Clémence—. No pretenderíais que se presentase con los mofletes redondos. Estás guapísima, querida.

Más allá de su delgadez, una modificación más profunda les dejó tanto más perplejos cuanto que no sabían definirla con palabras. Quizás ni siquiera se atrevieron a formularla por lo siniestra que les parecía: Plectrude había perdido gran parte de su frescura. A ella, que siempre había sido una chiquilla risueña, le faltaba ahora ese ánimo que le habían conocido.

«Sin duda será el impacto del reencuentro», pensó Denis.

Pero, con el transcurrir de los días, aquella impresión se acentuó. Era como si la bailarina estuviera ausente: su aparente benevolencia no conseguía disimular su indiferencia.

En cuanto a las comidas, parecían torturarla. Estaban acostumbrados a que comiera muy poco; ahora ya no probaba bocado, y se la notaba crispada durante todo el tiempo que pasaba en la mesa.

Si sus allegados hubieran podido ver lo que ocurría dentro de la cabeza de Plectrude, todavía se habrían preocupado más.

En primer lugar, el día de su llegada todos le habían parecido obesos. Incluso Roselyne, una adolescente delgada, le pareció enorme. Se preguntaba cómo soportaban su gordura.

Se preguntaba sobre todo cómo soportaban aquella existencia vana que era la suya, aquella flojedad estacionaria y sin objetivo. Bendecía su existencia dura y sus privaciones: ella, por lo menos, tenía una meta. No era que profesase el culto al sufrimiento, pero necesitaba un sentido: en eso, ya, era una adolescente.

Durante una charla, Roselyne le contó las mil historias de su clase. Se mondaba de risa y se excitaba:

—¿Y sabes qué? Pues que Vanessa sale con Fred, ¡sí, con el de tercero!

Rápidamente, se sintió decepcionada por el poco éxito que cosechaba:

—¿Has compartido más tiempo con ellos que yo y te importa un bledo lo que pueda ocurrirles?

—No te lo tomes a mal. Si supieras lo lejos que me queda todo eso ahora.

—¿Incluso Mathieu Saladin? —preguntó Roselyne, quisquillosa con el pasado, que no con el presente.

—Por supuesto —dijo Plectrude con hastío.

—No siempre fue así.

—Ahora sí.

—¿Hay chicos en tu escuela?

—No. Dan sus clases por separado. No los vemos nunca.

—¿Sólo sois chicas? ¡Menudo palo!

—¿Sabes?, no nos queda tiempo para pensar en esas cosas.

Plectrude no se atrevió a soltarle su discurso sobre la barrera que separa a aquellos de más de cuarenta kilos de los de menos de cuarenta kilos, pero sentía que estaba más justificado que nunca. ¡Qué poco le importaban todos aquellos ligoteos escolares! La pobre Roselyne le daba tanta más lástima cuanto que ahora llevaba sujetador.

—¿Quieres que te lo enseñe?

—¿El qué?

—Mi sujetador. No has dejado de echarle el ojo mientras te hablaba.

Roselyne se levantó la camiseta. Plectrude gritó horrorizada.

En su fuero interno, la pequeña, que había aprendido a bailar contra sus profesores, también aprendió a vivir contra su familia. No les decía nada pero observaba a los suyos con consternación: «¡Hay que ver lo amollados que están! ¡Cómo viven sometidos a la ley de la gravedad! La vida debe ser algo mejor que eso.»

Le parecía que, contrariamente a la suya, su existencia carecía de dignidad. Y sentía vergüenza ajena. A veces se preguntaba si no era una huérfana a la que habían adoptado.

—Te digo que me preocupa. Está muy delgada —dijo Denis.

—Sí, ¿y qué? Es bailarina —respondió Clémence.

—Las bailarinas no siempre están tan delgadas como ella.

—Tiene trece años. A esa edad, es normal.

Tranquilizado por aquel argumento, Denis pudo conciliar el sueño. La capacidad de autoceguera de los padres es inmensa: partiendo de una constatación exacta —la frecuente delgadez de los adolescentes—, borraban las circunstancias. Su hija era muy delgada por naturaleza, es cierto: no por ello su delgadez actual respondía a causas naturales.

Pasaron las fiestas. Plectrude regresó a la escuela, para su gran alivio.

—A veces tengo la impresión de haber perdido una hija —dijo Denis.

—Eres egoísta —protestó Clémence—. Ella es feliz.

Se equivocaba por partida doble. En primer lugar, la niña no era feliz. Y, en segundo lugar, el egoísmo de su marido no era nada comparado con el suyo: le habría gustado tanto ser bailarina que, gracias a Plectrude, satisfacía esa ambición por persona interpuesta. Poco le importaba sacrificar la salud de su hija para lograr aquel ideal. Si alguien se lo hubiera dicho, habría abierto los ojos como platos y habría exclamado:

—¡Yo sólo deseo la felicidad de mi hija!

Y habría sido de una franqueza absoluta por su parte. Los padres ignoran lo que su sinceridad esconde.

Lo que Plectrude vivía en la escuela de bailarinas no podía llamarse felicidad: ésta requiere un mínimo sentimiento de seguridad. La chiquilla no tenía ni siquiera una sombra de seguridad, en eso tenía razón: a estas alturas, ya no estaba jugando con su salud, se estaba jugando la salud. Era consciente de ello.

Lo que Plectrude vivía en la escuela de bailarinas se llamaba embriaguez: y aquel éxtasis se alimentaba de una dosis enorme de olvido. Olvido de las privaciones, del sufrimiento físico, del peligro, del miedo. A través de aquellas amnesias voluntarias, podía sumergirse en la danza y experimentar la loca ilusión, el trance del despegue.

Se estaba convirtiendo en una de las mejores alumnas. Es cierto que no era la más delgada, pero era, sin discusión, la más graciosa: poseía esa maravillosa soltura de movimientos, que es la suprema injusticia de la naturaleza, ya que la gracia se otorga o se deniega en el momento de nacer sin que ningún esfuerzo posterior pueda paliar la ausencia de la misma.

Además, por si eso fuera poco, era la más guapa. Incluso con treinta y cinco kilos, no se parecía a aquellos cadáveres cuya delgadez elogiaban los profesores: tenía esos ojos de bailarina que iluminaban su rostro con su fantástica belleza. Y los maestros sabían, aunque no lo comentaran con sus alumnos, que la belleza desempeña un papel tremendamente importante en la elección de las primeras bailarinas; en ese sentido, Plectrude era, con mucho, la más agraciada.

Lo que la preocupaba en secreto era su salud. No lo comentaba con nadie pero, de noche, le dolían tanto las piernas que tenía que controlarse para no gritar. Sin tener noción alguna de medicina, sospechaba cuál era la razón: había suprimido de su alimentación hasta el más mínimo rastro de productos lácteos. En efecto, había observado que le bastaban unas cucharadas de yogur descremado para sentirse «hinchada» (a saber qué entendía ella por «hinchada»).

Sin embargo, el yogur desnatado era el único lácteo admitido en la institución. No tomarlo equivalía a eliminar toda aportación de calcio, el cual tenía la misión de cimentar la adolescencia. Por muy locos que estuvieran los adultos de la escuela, ninguno recomendaba privarse de yogur, e incluso las alumnas más demacradas lo tomaban. Plectrude desterró aquel alimento.

Muy rápidamente, esa carencia le acarreó terribles dolores en las piernas, por más que la pequeña permaneciera inmóvil durante unas horas, como hacía por la noche. Para eliminar aquel dolor, tenía que levantarse y moverse. Pero el momento en el que las piernas volvían a ponerse en movimiento constituía un suplicio digno de una sesión de torturas: Plectrude se veía obligada a morder un pañuelo para no gritar. Cada vez tenía la sensación de que los huesos de sus tobillos y de sus muslos iban a romperse.

Supo que la descalcificación era la causa de aquel tormento. No obstante, no pudo decidirse a tomar de nuevo ese maldito yogur. Sin saberlo, estaba siendo víctima del mecanismo interior de la anorexia, que considera cada privación como irreversible, a riesgo de experimentar un insoportable sentimiento de culpabilidad.

Perdió dos kilos más, lo cual le confirmó su idea de que el yogur descremado era «pesado». Durante las vacaciones de Semana Santa, su padre le dijo que se había convertido en un esqueleto y que estaba horrible, pero su madre enseguida regañó a Denis y se extasió ante la belleza de su hija. Clémence era el único miembro de su familia al que

Plectrude veía todavía con buenos ojos: «Ella, por lo menos, me comprende.» Sus hermanas, e incluso Roselyne, la miraban como a una extraña. Ya no pertenecía a su grupo: sentían que no tenían nada en común con aquel montón de huesos.

Desde que había bajado de los treinta y cinco kilos, la bailarina experimentaba aún menos sentimientos. Aquella exclusión, pues, no la hizo sufrir.

Plectrude admiraba su propia vida: se sentía como la única heroína de una lucha contra la gravedad. Se enfrentaba a ella a través del ayuno y la danza.

El Grial era el despegue y, de entre todos los caballeros, Plectrude era la que estaba más cerca de alcanzarlo. ¿Qué importaban unos dolores nocturnos comparados con la inmensidad de su búsqueda?

Transcurrieron los meses y los años. La bailarina se integró en su escuela como la carmelita en su orden. Fuera de la institución, no hay salvación.

Ella era una estrella en ascenso. Se hablaba de ella en lugares privilegiados: Plectrude lo sabía.

Llegó a la edad de quince años. Seguía midiendo un metro cincuenta y cinco y, por tanto, ni siquiera había crecido medio centímetro desde su ingreso en la escuela de bailarinas. Su peso: treinta y dos kilos.

A veces le parecía que nunca había tenido una

vida anterior. Deseaba que su existencia no cambiara jamás. La admiración de los demás, real o ficticia, le bastaba como vínculo afectivo.

También sabía que su madre la amaba con locura. Como quien no quiere la cosa, la conciencia de aquel amor le servía de columna vertebral. Un día, le contó sus problemas en las piernas a Clémence, quien se limitó a decirle:

—¡Qué valiente eres!

Plectrude saboreó aquel cumplido. Sin embargo, en su fuero interno tuvo la impresión de que su madre debería haberle dicho algo muy distinto. No sabía qué.

Lo que tenía que ocurrir, ocurrió. Una mañana de noviembre, cuando acababa de levantarse mordiendo su pañuelo para no gritar de dolor, Plectrude se desplomó: oyó un crujido en el muslo.

No podía moverse. Pidió ayuda. Fue hospitalizada.

Un doctor que todavía no la había examinado miró sus radiografías.

—¿Qué edad tiene esa mujer?

—Quince años.

—¿Cómo? ¡Tiene la osamenta de una menopáusica de sesenta años!

La interrogaron. Lo confesó todo: no tomaba ningún producto lácteo desde hacía años, a la edad

en la que el cuerpo los necesita hasta extremos de-
menciales.

—¿Es usted anoréxica?

—¡No, qué va! —se sublevó ella de buena fe.

—¿Le parece normal pesar treinta y cinco kilos a
su edad?

—¡Treinta y dos! —protestó ella.

—¿Cree que eso cambia las cosas?

Recurrió a los argumentos de Clémence:

—Soy bailarina. En mi trabajo es mejor no tener
curvas.

—No sabía que reclutaban a las bailarinas en
campos de concentración.

—¡Está usted loco! ¡Está insultando a mi escuela!

—En su opinión, ¿qué debe pensarse de una institución en la que se permite que una adolescente se
destruya a sí misma? Voy a llamar a la policía —dijo
el médico, al que no le faltaban agallas.

Instintivamente, Plectrude protegió su orden:

—¡No! ¡Es culpa mía! ¡Fui yo la que me privé a
escondidas! Nadie lo sabía.

—Nadie quería saberlo. El resultado es que se ha
roto la tibia con sólo caerse al suelo. Si fuera usted
normal, bastaría enyesarla durante un mes. En su
estado, no sé cuántos meses tendrá que llevar ese
yeso. Por no hablar de la reeducación a la que tendrá que someterse después.

—Pero entonces, ¿no voy a poder bailar durante
mucho tiempo?

—Señorita, no podrá volver a bailar nunca más.

El corazón de Plectrude dejó de latir. Cayó en una especie de coma.

Salió de él unos días más tarde. Superado el exquisito momento durante el cual uno no recuerda nada, se acordó de su condena. Una amable enfermera le confirmó la sentencia:

—Su osamenta presenta un estado de grave fragilidad, sobre todo en las piernas. Incluso cuando su tibia se recupere, no podrá volver a bailar. El más mínimo salto, el más mínimo impacto podrían romperla de nuevo. Serán necesarios años de sobrealimentación en productos lácteos para recalcificarla.

Comunicarle a Plectrude que no podría volver a bailar equivalía a anunciarle a Napoleón que ya no volvería a tener ejército nunca más: suponía privarlo no ya de su vocación sino de su destino.

No podía creérselo. Interrogó a todos los médicos posibles e imaginables: ni uno solo le dejó un atisbo de esperanza. Hay que felicitarles por ello: habría bastado que uno de ellos le concediera una centésima posibilidad de curación, y se habría reenganchado hasta el punto de morir en el intento.

Pasados unos días, Plectrude se sorprendió de que Clémence no estuviera al pie de su cama. Pidió permiso para telefonear. Su padre le dijo que, al enterarse de la terrible noticia, su madre se había puesto gravemente enferma:

–Tiene fiebre, delira. Cree que es tú. Dice: «Sólo tengo quince años, mi sueño no puede haber terminado, seré bailarina, ¡no quiero ser más que bailarina!»

La idea del sufrimiento de Clémence acabó de rematar a Plectrude. Acostada en la cama del hospital, observaba el gotero que la alimentaba: estaba realmente convencida de que le estaba inyectando desgracia a modo de alimento.

Durante todo el tiempo en el que le fue prohibido cualquier movimiento, Plectrude permaneció en el hospital. A veces su padre acudía a visitarla. Ella le preguntaba por qué no le acompañaba Clémence.

–Tu madre todavía está demasiado enferma –respondía.

Aquello duró meses. Nadie más fue a visitarla, ni de la escuela de bailarinas, ni de su familia, ni de su antiguo colegio: como si Plectrude ya no perteneciera a ningún mundo.

Pasaba los días sin hacer nada en concreto. No le apetecía leer nada, ni libros ni periódicos. Se negaba a ver la televisión. Le diagnosticaron una profunda depresión.

No podía probar bocado. Menos mal que estaba el gotero. Sin embargo, este último le inspiraba repugnancia: era lo que, a su pesar, la mantenía unida a la vida.

Cuando llegó la primavera, regresó a casa de sus padres. Su corazón latía ante la idea de volver a ver a su madre: este deseo le fue negado. La pequeña protestó:

—¡No es posible! ¿Está muerta o qué?

—No, está viva. Pero no quiere que la veas en ese estado.

Era más de lo que Plectrude podía soportar. Esperó a que sus hermanas estuvieran en el instituto y a que su padre hubiera salido para abandonar su cama: ahora podía desplazarse con la ayuda de unas muletas.

Fue titubeando hasta la habitación de sus padres, donde Clémence estaba durmiendo. Al verla, la pequeña pensó que estaba muerta: tenía la tez grisácea y le pareció todavía más delgada que ella. Se vino abajo a su lado, llorando:

—¡Mamá! ¡Mamá!

La durmiente se despertó y le dijo:

—No tienes derecho a estar aquí.

—Necesitaba tanto verte... Y ahora ya está, mejor así: prefiero saber cómo estás. Mientras estés viva, el resto me da igual. Volverás a comer, te pondrás bien: nos curaremos las dos, mamá.

Observó que su madre se mantenía en una actitud fría y que no la abrazaba.

—Abrázame, ¡lo necesito tanto!

Clémence permanecía inerte.

—Pobre mamá, estás demasiado débil incluso para eso.

Se incorporó y la miró. ¡Cuánto había cambiado! Ya no había ninguna calidez en la mirada de su madre. Algo en ella había muerto: Plectrude no quiso darse cuenta.

Pensó: «Mamá cree ser yo. Ha dejado de comer porque yo dejé de comer. Si yo como, ella comerá. Si me curo, ella se curará.»

La pequeña se arrastró hasta la cocina y cogió una pastilla de chocolate. Luego, regresó a la habitación de Clémence y se sentó sobre la cama, a su lado.

—Mira, mamá, estoy comiendo.

El chocolate traumatizó su boca, que había perdido la costumbre de los alimentos, y aún más de una golosina tan rica. Plectrude se esforzó en no manifestar su malestar.

—Es chocolate con leche, mamá, tiene mucho calcio. Es bueno para mí.

¿Así que comer era eso? Sus entrañas se estremecían, su estómago se rebelaba, a Plectrude estuvo a punto de darle un patatús, pero no se desmayó; vomitó sobre sus rodillas.

Humillada, desconsolada, permaneció inmóvil contemplando su obra.

Fue entonces cuando, con voz seca, su madre dijo:

—Me das asco.

La pequeña observó la mirada glacial de la mujer que le había lanzado semejante condena. No quería dar crédito a lo que acababa de oír y de ver. Se marchó tan deprisa como se lo permitieron sus muletas.

Plectrude se desplomó sobre la cama y lloró todo lo que se puede llorar. Se quedó dormida.

Cuando despertó, experimentó un fenómeno inverosímil: tenía hambre.

Le pidió a Béatrice, que había regresado del instituto, que le trajera una bandeja.

—¡Bravo! —aplaudió su hermana, que no tardó en llevarle pan, queso, compota, jamón y chocolate.

La pequeña no se comió el chocolate, que le recordaba demasiado el reciente vómito: en compensación, devoró todo lo demás.

Béatrice no cabía en sí de gozo.

El apetito había vuelto. No era bulimia sino una sana gazuza. Tomaba tres copiosas comidas al día, con una especial debilidad por el queso, como si su cuerpo le informara de sus propias y más urgentes necesidades. Su padre y sus hermanas estaban encantados.

Con ese régimen, Plectrude recuperó peso rápidamente. Volvió a sus buenos cuarenta kilos y a su hermoso rostro. Las cosas no podían ir mejor. Incluso conseguía no experimentar culpabilidad, lo cual para una antigua anoréxica resulta extraordinario.

Como había previsto, su curación curó a su madre, que abandonó finalmente su habitación y volvió a ver a su hija, en la que no se había fijado desde el día en el que había vomitado. Su madre la miró con consternación y gritó:

—¡Has engordado!

—Sí, mamá —balbuceó la pequeña.

—¡Menuda ocurrencia! ¡Con lo guapa que eras antes!

—¿No te parezco guapa ahora?

—No. Estás gorda.

—¡Por favor, mamá! Peso cuarenta kilos.

—Lo que yo decía: has engordado ocho kilos.

—¡Los necesitaba!

—Lo dices para no sentir remordimientos. Necesitabas calcio, no peso. ¡Si te crees que así pareces una bailarina, te equivocas!

—Pero si ya no puedo bailar, mamá. Ya no soy una bailarina. ¿Sabes hasta qué punto estoy sufriendo por ello? ¡No hurgues en la herida!

—Si de verdad sufrieras, no tendrías tanto apetito.

Lo peor era la voz dura con la que la mujer le asestó su veredicto.

—¿Por qué me hablas así? ¿Acaso no soy tu hija?

—Nunca has sido mi hija.

Clémence se lo contó todo: Lucette, Fabien, el asesinato de Fabien a manos de Lucette, su nacimiento en la cárcel, el suicidio de Lucette.

—¿Qué me estás diciendo? —gimió Plectrude.

—Pregúntaselo a tu padre, mejor dicho, a tu tío, si no me crees.

Superado el primer momento de incredulidad, la pequeña consiguió articular:

—¿Y por qué me dices todo eso hoy?

—Algún día tenía que decírtelo, ¿no?

—Claro. Pero ¿por qué de esta forma tan cruel? Hasta ahora, habías sido para mí la mejor de las madres. Ahora me hablas como si yo nunca hubiera sido tu hija.

—Porque me has traicionado. Sabes cuánto soñaba con que fueras bailarina.

—¡Tuve un accidente! No es culpa mía.

—¡Sí, es culpa tuya! ¡Si no te hubieras descalcificado tan estúpidamente!

—¡Te conté lo de mis dolores de piernas!

—¡No es verdad!

—¡Sí, te lo conté! Incluso me felicitaste por mi valentía.

—¡Mientes!

—¡No miento! ¿Te parece normal que una madre felicite a su hija por sus dolores de piernas? Era una llamada de socorro y tú ni siquiera te diste cuenta.

—Eso es, ahora échame a mí la culpa.

La mala fe de Clémence dejó a Plectrude sin voz.

Todo se venía abajo: ya no tenía futuro, ya no tenía padres, ya no tenía nada.

Denis era bueno pero débil. Clémence le ordenó dejar de felicitar a Plectrude por su recobrado apetito:

—¡No la animes a engordar, vamos!

—¡No está gorda! —tartamudeaba él—. Un poco redonda, quizás.

El «un poco redonda» significaba que la pequeña había perdido un aliado.

Decirle a una chica de quince años que está gorda, incluso «un poco redondita», cuando pesa cuarenta kilos, equivale a prohibirle crecer.

Ante semejante desastre, una chiquilla sólo tiene dos opciones: la recaída en la anorexia o la bulimia. Milagrosamente, Plectrude no se hundió ni en la una ni en la otra. Conservó su apetito. Tenía ataques de hambre que cualquier médico habría encontrado saludables y que Clémence calificaba de «monstruosos».

En realidad, era una salud suprema lo que convocaba a Plectrude a tener hambre: tenía que recuperar años de adolescencia. Gracias a su frenesí por el queso, creció tres centímetros. Un metro cincuenta y ocho siempre era mejor que un metro cincuenta y cinco, como estatura adulta.

A los dieciséis años, le vino la regla. Se lo anunció a Clémence como una noticia maravillosa. Ésta se encogió de hombros con desprecio.

—¿No te hace ilusión que por fin sea normal?

—¿Cuánto pesas?

—Cuarenta y siete kilos.

—Lo que me temía: eres obesa.

—Cuarenta y siete kilos para un metro cincuenta y ocho, ¿te parece de obeso?

—Mira las cosas de frente: estás enorme.

Plectrude, que había recuperado el pleno uso de sus piernas, fue a desplomarse sobre su cama. No lloró: sufrió una crisis de odio que duró horas. Golpeaba con el puño su almohada y, en el interior de su cráneo, una voz gritaba: «¡Quiere matarme! ¡Mi propia madre desea mi muerte!»

Nunca había dejado de considerar a Clémence como su madre: poco le importaba haber salido o no de su vientre. Era su madre porque era la que de verdad le había dado la vida; y era la misma que, ahora, deseaba quitársela.

En su lugar, muchas adolescentes se habrían

suicidado. El instinto de supervivencia debía de estar realmente anclado en Plectrude ya que terminó por levantarse diciendo en voz alta y serena:

—No permitiré que me mates, mamá.

Retomó las riendas de su vida, en la medida en la que eso es posible para una chica de dieciséis años que lo había perdido todo. Ya que su madre se había vuelto loca, ella sería adulta en su lugar.

Se inscribió en un curso de teatro. Causó una gran sensación. Su nombre ayudó. Llamarse Plectrude era un arma de doble filo: o bien eras fea y ese nombre subrayaba tu fealdad, o bien eras hermosa y la rara sonoridad de Plectrude multiplicaba tu belleza.

Éste fue su caso. Uno ya se sentía impactado al ver entrar a aquella jovencita de ojos soberbios y andares de bailarina. Cuando te enterabas de cómo se llamaba, la mirabas más todavía y admirabas su pelo sublime, su expresión trágica, su boca perfecta, su tez ideal.

Su profesor le dijo que tenía «físico» (la expresión le pareció extraña: ¿acaso no tenía físico todo el mundo?) y le recomendó presentarse a castings.

Fue así como la seleccionaron para interpretar el papel de Geraldine Chaplin adolescente en un telefilm; al verla, la actriz exclamó: «¡Yo no era tan guapa a su edad!» Y, no obstante, no podía negarse cierto parentesco entre aquellos dos rostros de una delgadez extrema.

Este tipo de prestaciones permitía a la joven ganarse un dinero, no suficiente, por desgracia, para poder huir de su madre, lo cual se había convertido en su objetivo. De noche, regresaba a casa lo más tarde posible, a fin de no encontrarse con Clémence. Sin embargo, no siempre conseguía evitarla y entonces era recibida con un:

—¡Mira! ¡Ahí llega La Bola!

En el mejor de los casos. En el peor, la cosa podía ser:

—¡Buenas noches, Gordinflona!

Podría malinterpretarse que opiniones tan surrealistas la hiriesen hasta ese punto; eso supondría pasar por alto la expresión asqueada con la que aquellos comentarios le eran asestados.

Un día, Plectrude se atrevió a replicar que Béatrice, que pesaba siete kilos más que ella, nunca era blanco de comentarios tan desagradables. A lo que su madre respondió:

—¡Sabes perfectamente que eso no tiene nada que ver!

No tuvo la audacia de decir que no, que no lo sabía. Lo único que entendió es que su hermana tenía derecho a ser normal y ella no.

119

Una noche, al no conseguir Plectrude encontrar un pretexto para no cenar con los suyos, y dado que Clémence adoptaba una expresión escandalizada cada vez que daba un bocado, acabó por protestar:

—¡Mamá, deja ya de mirarme así! ¿Nunca has visto comer a nadie?

—Es por tu bien, querida. ¡Me preocupa tu bulimia!

—¡Bulimia!

Plectrude miró fijamente a su padre, luego a sus hermanas, antes de decir:

—¡Sois demasiado cobardes para defenderme!

El padre balbuceó:

—A mí no me molesta que tengas buen apetito.

—¡Cobarde! —le lanzó la joven—. Como menos que tú.

Nicole se encogió de hombros.

—Vuestras estupideces me importan un bledo.

—No esperaba menos de ti —rechinó la adolescente.

Béatrice respiró profundamente y dijo:

—Bueno, mamá, me gustaría que dejaras tranquila a mi hermana, ¿de acuerdo?

—Gracias —dijo la joven.

Fue entonces cuando Clémence sonrió y clamó:

—¡No es tu hermana, Béatrice!

—¿Qué estás diciendo?

—¿Crees que éste es el momento adecuado? —murmuró Denis.

La madre se levantó y fue a buscar una fotografía, que lanzó sobre la mesa.

—Es Lucette, mi hermana, la verdadera madre de Plectrude.

Mientras les contaba la historia a Nicole y Béatrice, la pequeña había cogido la foto y miraba ávidamente el hermoso rostro de la fallecida.

Las hermanas estaban estupefactas.

—Me parezco a ella —dijo la adolescente.

Pensó que su madre se había suicidado a los diecinueve años y que ése también sería su destino: «Tengo dieciséis años. ¡Me quedan tres años de vida, y un hijo que traer al mundo.»

A partir de aquel momento, Plectrude dedicó a los numerosos chicos que la rondaban miradas que no se correspondían con su edad. No podía dejar de mirarles pensando: «¿Me gustaría tener un hijo suyo?»

La mayoría de las veces, la respuesta interior era no, hasta tal punto resultaba imposible imaginar tener un hijo con tal o cual currutaco.

En las clases de teatro, el profesor decidió que Plectrude y uno de sus compañeros interpretarían una escena de *La cantante calva*. Aquel texto intrigó a la joven hasta tal punto que se hizo con las obras completas de Ionesco. Fue una revelación: por fin pudo conocer esa fiebre que impulsa a leer durante noches enteras.

A menudo había intentado leer, pero los libros se le caían de las manos. Sin duda cada ser tiene, en el universo de lo escrito, una obra que le convertirá en lector, suponiendo que el destino favorezca su encuentro.

Lo que Platón dice de la mitad amorosa, ese otro ser que circula por alguna parte y que conviene encontrar a riesgo de permanecer incompleto hasta el día de tu muerte, es todavía más auténtico en el caso de los libros.

«Ionesco es el autor que me estaba destinado», pensó la adolescente. Experimentó una felicidad considerable, la embriaguez que sólo puede producir el descubrimiento de un libro amado.

Puede ocurrir que un primer flechazo literario desencadene el gusto por la lectura en la interesada; no fue el caso de la joven, que sólo abrió otros libros para convencerse de lo aburridos que eran. Decidió que no leería a ningún otro autor y se enorgulleció del prestigio de semejante fidelidad.

Una noche, mientras estaba viendo la televisión, Plectrude se enteró de la existencia de Catherine Ringer. Al escucharla cantar, experimentó una mezcla de entusiasmo y de amargura: entusiasmo porque le parecía formidable; amargura porque le habría gustado ejercer precisamente aquel oficio, cuando en realidad no tenía ni la capacidad, ni los medios, ni la menor noción para hacerlo.

De haberse tratado del tipo de chica que cambia de vocación cada semana, no habría sido grave. Por desgracia, no era ése su caso. Con diecisiete años, Plectrude no era proclive al entusiasmo. Las clases de teatro no la entusiasmaban. Habría vendido su alma para volver a la danza, pero los médicos, aunque habían constatado un claro progreso en su calcificación, eran unánimes a la hora de prohibirle su antigua vocación.

Si el descubrimiento de Catherine Ringer constituyó un impacto para la adolescente fue porque, por primera vez, le proporcionaba un sueño ajeno a la danza.

Se consoló pensando que iba a fallecer dentro de dos años y que, mientras tanto, debería traer al mundo a un niño: «No tengo tiempo para ser cantante.»

En clase de teatro, Plectrude tuvo que interpretar un pasaje de *La lección* de Ionesco. Para un actor, conseguir uno de los principales papeles de una obra de su autor preferido es a la vez Bizancio y Citera, Roma y el Vaticano.

Sería falso decir que se convirtió en la joven

123

alumna de la obra. Siempre había sido aquella chica, tan entusiasta frente a los aprendizajes elegidos, que la llevaba a pervertirlos y destruirlos (animada y precedida en eso por su profesor, gran devorador de saber y de estudiantes).

Fue una alumna con tal sentido de lo sagrado que aquello contaminó a la parte contraria: el que interpretó el papel del profesor fue automáticamente elegido por Plectrude.

Durante uno de los ensayos, mientras él le decía una réplica de una verdad prodigiosa («La filología lleva al crimen»), ella le respondió que sería el padre de su hijo. Él creyó que se trataba de un recurso lingüístico digno de *La cantante calva* y estuvo conforme. Aquella misma noche, ella le tomó la palabra.

Un mes más tarde, Plectrude supo que estaba embarazada. Que sirva esto de aviso para aquellos que, suponiendo que existan, todavía ven a Ionesco únicamente como un autor cómico.

Plectrude tenía la edad de su madre cuando dio a luz: diecinueve años. Al bebé le pusieron Simon. Era hermoso y se portaba bien.

Al verlo por primera vez, la joven experimentó un fabuloso arrebato amoroso. No sospechaba que pudiera tener semejante instinto maternal y lo lamentó: «Suicidarme no será fácil.»

Sin embargo, estaba decidida a llegar hasta el final: «Ya he aguado mi destino al renunciar a matar al padre de Simon. No me detendré.»

Arrullaba al pequeño mientras le murmuraba:

—Te quiero, Simon, te quiero. Moriré porque tengo que morir. Si pudiera elegir, me quedaría a tu lado. Tengo que morir: es una orden, lo noto.

Una semana más tarde, pensó: «Ahora o nunca. Si continúo viviendo, me encariñaré demasiado con Simon. Cuanto más espere, más difícil será.»

No escribió ninguna carta, por la noble razón de que no le gustaba escribir. De todas formas, su acto le parecía tan explícito que no consideraba necesario explicarlo.

Al no sentirse con ánimos, decidió ponerse sus ropas más hermosas: había observado anteriormente que la elegancia insuflaba valor.

Dos años antes, había encontrado en un mercadillo un vestido de archiduquesa fantasmagórica, de terciopelo azul oscuro, con encajes en oro viejo, tan suntuoso que resultaba imposible de llevar.

«Si no me lo pongo hoy, no me lo pondré nunca», pensó, antes de estallar en una carcajada al darse cuenta de la profunda verdad de aquel pensamiento.

El embarazo la había adelgazado ligeramente y flotaba dentro de su vestido: se resignó a ello. Soltó su magnífica melena, que le llegaba a la altura de las nalgas. Cuando se hubo maquillado a modo de hada trágica, se gustó y decretó que podía suicidarse sin ruborizarse.

Plectrude le dio un beso a Simon. En el momento de salir de casa, se preguntó de qué modo iba a proceder: ¿se lanzaría a la vía del tren, debajo de un coche, al Sena? Ni siquiera se lo había preguntado: «Ya veré», concluyó. «Si uno se preocupa por ese tipo de detalles, acaba no haciendo nada.»

Caminó hasta la estación. No tuvo valor para

precipitarse bajo las ruedas del RER. «Puestos a morir, mejor hacerlo en París, y de un modo menos desagradable», pensó, no sin cierto sentido de las conveniencias. Se subió al tren, donde, desde tiempos inmemoriales entre los habitantes de la periferia no se había visto a una pasajera de aspecto tan soberbio, y más teniendo en cuenta que sonreía de oreja a oreja: la perspectiva del suicidio la ponía de muy buen humor.

Se apeó en el centro de la ciudad y caminó junto al Sena, buscando el puente que favoreciera su empresa. Al dudar entre el puente Alexandre III, el Pont des Arts y el Pont-Neuf, tuvo que andar mucho, efectuando interminables idas y venidas para reconsiderar sus respectivas virtudes.

Finalmente, el puente Alexandre III fue descartado por su exagerada magnificencia y el Pont des Arts eliminado por exceso de intimidad. Eligió el Pont-Neuf, ya que le sedujo tanto por su antigüedad como por sus plataformas en forma de media luna, ideales para las reflexiones de última hora.

Hombres y mujeres se daban la vuelta al paso de aquella belleza que ni siquiera se daba cuenta de ello, tan concentrada estaba en su plan. No se había sentido tan eufórica desde la infancia.

Se sentó en el borde del puente, con los pies colgando en el vacío. Muchas personas adoptaban aquella posición, que no llamaba la atención de nadie. Miró a su alrededor. Un cielo gris pesaba sobre

Notre-Dame, el agua del Sena ondulaba a causa del viento. De repente, Plectrude sintió el peso de la edad del mundo: ¡qué deprisa serían engullidos sus diecinueve años por los siglos de París!

Sintió vértigo y su exaltación decayó: ¡cuánta grandeza perdurable, cuánta eternidad de la que no formaría parte! Había traído al mundo a un niño que no se acordaría de ella. Excepto eso, nada. La única persona a la que había querido era su madre: matándose, obedecía a la que ya no la amaba. «Es falso: también está Simon. Le quiero. Pero teniendo en cuenta lo nocivo que el amor de madre puede llegar a ser, más vale que se lo ahorre.»

A sus pies, sentía la llamada del inmenso vacío.

«¿Por qué he esperado hasta ahora para darme cuenta de lo que me falta? Mi vida tenía sed y hambre, no me ha ocurrido nada que pueda alimentar y saciar mi existencia, tengo el corazón reseco, la cabeza desnutrida, en lugar de alma tengo una carencia, ¿es necesario morir en este estado?»

La nada rugía bajo sus pies. La pregunta la aplastaba, sintió la tentación de huir de ella dejando que sus pies se volvieran más pesados que su cerebro.

En aquel preciso momento, una voz gritó a lo lejos:

–¡Plectrude!

«¿Me llaman desde el mundo de los muertos o de los vivos?», se preguntó.

Se inclinó hacia el agua, como si fuera a ver a alguien allí.

El grito aumentó en intensidad:

—¡Plectrude!

Era una voz de hombre.

Se dio media vuelta hacia el grito.

Aquel día, Mathieu Saladin había sentido la incomprensible necesidad de salir de su distrito XVII natal para dar una vuelta a orillas del Sena.

Estaba disfrutando de aquella jornada apacible y gris cuando, en sentido contrario y sobre la acera, vio acercarse una aparición: una joven de apabullante esplendor, vestida como para un baile de disfraces.

Se había detenido para verla pasar. Ella no lo había visto. No veía a nadie, con sus grandes y alucinados ojos. Fue entonces cuando la reconoció. Sonrió de alegría: «¡La he reencontrado! Al parecer, sigue estando igual de loca. Esta vez no la dejaré escapar.»

Se había entregado a ese placer que consiste en seguir en secreto a alguien que conocemos, a observar su comportamiento, a interpretar sus gestos.

Cuando había empezado a caminar por el Pont-Neuf, él no había tenido miedo: la había visto con un rostro feliz, no parecía desesperada. Se había acodado al borde del Sena e inclinado para observar a su antigua compañera de clase.

Poco a poco, le había parecido que Plectrude tenía una actitud de lo más sospechosa. Incluso su exaltación le pareció rara; cuando tuvo la clara impresión de que iba a lanzarse al río, había gritado su nombre y corrido a su encuentro.

Ella lo reconoció en el acto.

Protagonizaron el preludio amoroso más breve de la historia.

—¿Estás con alguien? —preguntó Mathieu sin perder un segundo.

—Soltera, con un hijo —respondió ella, también en tono cortante.

—Perfecto. ¿Me quieres?

—Sí.

Agarró las caderas de Plectrude y les dio una vuelta de ciento ochenta grados, para que dejara de tener los pies sobre el vacío. Se morrearon para sellar lo que acababan de decirse.

—¿Por casualidad no estarías suicidándote, verdad?

—No —respondió ella por pudor.

La morreó de nuevo. Ella pensó: «Hace un minuto estaba a punto de lanzarme al vacío, y ahora estoy entre los brazos del hombre de mi vida, al que hacía más de siete años que no veía, y al que creía que nunca volvería a ver. Decido posponer mi muerte a una fecha ulterior.»

Plectrude descubrió algo sorprendente: uno podía ser feliz a la edad adulta.

—Voy a enseñarte dónde vivo —dijo él llevándosela.

—¡Vas muy deprisa!

—He perdido siete años. Ya es suficiente.

Si Mathieu Saladin hubiera llegado a sospechar el número de broncas que aquella confesión iba a costarle, se habría quedado calladito. Cuántas veces Plectrude le gritó:

—¡Y pensar que me hiciste esperar siete años! ¡Y pensar que me dejaste sufrir!

A lo que Mathieu replicaba:

—¡Tú también me dejaste! ¿Por qué no me dijiste que me querías, cuando tenías doce años?

—¡Eso le toca decirlo al chico! —cortaba Plectrude, perentoria.

Un día que Plectrude volvía a la carga con el estribillo ya famoso de «¡Y pensar que me hiciste esperar siete años!», Mathieu la cortó con una revelación:

—Tú no eres la única que estuvo en un hospital. Entre los doce y los dieciocho años, me hospitalizaron seis veces.

—¿El señor ha encontrado una nueva excusa? ¿Y de qué pupas te curaban?

—Para ser más exactos, debes saber que, entre el

131

año y los dieciocho, he sido hospitalizado dieciocho veces.

Ella frunció el ceño.

—Es una larga historia —comenzó a decir él.

Cuando tenía un año, Mathieu Saladin había muerto.

El bebé Mathieu Saladin andaba a gatas por el comedor de sus padres, explorando el apasionante universo de las patas de las butacas y de debajo de la mesa. En un enchufe había un alargador que no estaba conectado a nada. El bebé se interesó por aquella cuerda que terminaba con un semibulbo de lo más atractivo: se lo metió en la boca y salivó. Recibió una descarga que le mató.

El padre de Mathieu no pudo aceptar aquella sentencia eléctrica. En la hora que siguió, llevó el bebé al mejor médico del planeta. Nadie sabe lo que ocurrió, pero le devolvió la vida al cuerpecito.

Sólo le faltaba devolverle una boca: a Mathieu Saladin ya no le quedaba nada digno de este nombre: ni labios, ni paladar. El médico le mandó al mejor cirujano del universo, que le quitó un poco de cartílago por aquí, un poco de piel por allá, y que, al término de un minucioso patchwork, reconstruyó, si no una boca, sí por lo menos su estructura.

—Es todo lo que puedo hacer este año —concluyó—. Vuelva el año que viene.

132

Cada año volvía a operar a Mathieu Saladin y añadía algo más. Luego, concluía con aquellas dos frases, ya convertidas en ritual. Fueron motivo de bromas durante la infancia y la adolescencia de aquel joven milagrosamente curado.

—Y si te portas bien, el año que viene te haremos una campanilla (unas fauces, una membrana velar, una bóveda del paladar, una gingivoplastia, etcétera).

Plectrude le escuchó, en la cima del éxtasis.

—¡Es por eso por lo que tienes esa sublime cicatriz a la altura del bigote!

—¿Sublime?

—¡No existe nada más hermoso!

Estaban realmente hechos el uno para el otro, aquellos dos seres que, cada uno de un modo distinto, en el transcurso del primer año de su existencia habían estado excesivamente cerca de la muerte.

Las hadas, decididamente demasiado numerosas, que habían abrumado a la joven con pruebas a la altura de las virtudes que le habían concedido, le mandaron entonces la peor de las plagas de Egipcio: una plaga procedente de Bélgica.

Habían transcurrido unos años. Vivir el amor perfecto con Mathieu Saladin, de profesión músico, le había proporcionado a Plectrude el valor para convertirse en cantante, con un seudónimo que era el nombre de un diccionario y que, de ese modo, respondía a la dimensión enciclopédica de los sufrimientos que había conocido: Robert.

Es habitual que las mayores desgracias tomen primero el rostro de la amistad: Plectrude conoció a Amélie Nothomb y creyó ver en ella a la amiga, a la hermana que tanto necesitaba.

Plectrude le contó su vida. Amélie escuchó con pavor aquel destino de atridas. Le preguntó si tantos intentos de muerte sobre su persona no le habían insuflado el deseo de matar, en virtud de esa ley que convierte a las víctimas en los mejores verdugos.

—Tu padre fue asesinado por tu madre cuando ella estaba embarazada de ti, en el octavo mes de embarazo. Existe la certeza de que estabas despierta, ya que tenías hipo. ¡Así que eres testigo!

—¡Pero si no vi nada!

—Tuviste que percibir algo a la fuerza. Eres una clase muy especial de testigo: un testigo *in utero*. Al parecer, en el vientre de su madre, los bebés escuchan la música y saben si sus padres hacen el amor. Tu madre vació el cargador sobre tu padre, en un estado de extrema violencia: de un modo o de otro, tuviste que notarlo.

—¿Dónde quieres ir a parar?

—Estás impregnada de aquel crimen. No hablemos ya de los intentos de asesinato metafórico que has padecido y que te impusiste a ti misma más tarde. ¿Cómo no ibas a convertirte en una asesina?

Plectrude, que nunca se lo había planteado, no pudo dejar de pensar en ello a partir de entonces. Y como existe una forma de justicia, sació su deseo de asesinato con aquella que se lo había sugerido. Cogió el fusil que siempre tenía a mano y que tan útil le resultaba cuando se reunía con sus productores y disparó en la sien de Amélie.

«No se me ha ocurrido nada más para impedir que continuase elucubrando», le contó a su marido, comprensivo.

Plectrude y Mathieu, que tenían en común haber cruzado el río del Infierno en más de una ocasión, miraron al fiambre con una lágrima en la comisura de los ojos. Aquello reforzó todavía más la connivencia de aquella pareja tan conmovedora.

A partir de entonces, su vida se convirtió, casi literalmente, en una obra de Ionesco: *Amélie o cómo quitársela de encima.* Era un cadáver la mar de molesto.

El asesinato es comparable con el acto sexual en que a menudo le sucede la misma pregunta: ¿qué hacer con el cuerpo? En el caso del acto sexual, uno puede limitarse a marcharse. El asesinato no permite esta ventaja. Ésa es la razón por la cual constituye un vínculo mucho más fuerte entre los seres.

A estas alturas, Plectrude y Mathieu siguen sin haber encontrado la solución.